Wem die Nacht gehört

Hanna Donath

Wem die Nacht gehört

Roman

ANAIS

Für dich und Herrn Rohde

Charlotte

3. März, 17.15 Uhr

»Fuck!«

Ich höre es klirren, irgendwo, von weit weg. Meine Beine geben nach und ich sinke auf dem Küchenboden zusammen. Mir ist gleichzeitig heiß und kalt, mein Gesicht glüht, mein Körper zittert und mir ist unendlich schlecht. Mein Kopf fühlt sich an wie mit Watte gefüllt, ich kann keinen klaren Gedanken fassen.

Ich muss zehn Minuten auf dem Fußboden gesessen haben, den Rücken gegen den Küchenschrank gelehnt, barfuß zwischen den Scherben des Glases, das ich vor Schreck fallen gelassen habe. Vielleicht waren es auch dreißig Minuten. Vielleicht mehr.

Draußen schieben sich Wolken vor die Sonne, nur wenig Licht fällt durch die geöffnete Balkontür, der Wind pfeift, ansonsten ist es totenstill in meiner Wohnung.

Immer wieder starre ich auf dieses verdammte Ding in meiner Hand. Da sind sie, zwei Striche! Klar und deutlich verziehen sie sich zu einer schiefen Grimasse. Zwei, verflucht, in jedem Fenster einer. Ich schnappe nach Luft. Meine Hände zittern.

Verdammt, ich bin wirklich schwanger!

3. März, 15.30 Uhr

Ich befürchte das seit dem beunruhigenden Gespräch, das ich gehört habe, als ich heute Mittag mit meinen Freundinnen Bea und Steffi im Aran saß, einem gut besuchten Café am Freiburger Augustinerplatz. Den Augustinerplatz umweht ein ungewöhnliches Flair, er ist der sonnigste Platz in der sonnigsten Stadt Deutschlands. Schon im Winter sitzen die Leute draußen – so wie wir heute, an einem frischen, aber sonnigen Märztag, eingemummelt in dicke rote Decken mit warmen Getränken in den kalt gefrorenen Händen.

»Alter, deine Augen tränen«, sagt Bea.

»Ich weiß«, gähne ich. »Sie wollen nicht richtig wach werden. Aber ich hab einfach viel zu wenig geschlafen.«

»Wann warste denn zu Hause?«

»Keine Ahnung, geschlafen habe ich jedenfalls erst um sieben Uhr.«

»Hui, wie heißt er denn?«, fragt Steffi, und es klingt, als ob sie fragen würde, welche Farbe meine neuen Schuhe hätten.

»Thomas«, sage ich. »Netter Typ, ein Bulle.«

»Äh? Du hast einen Bullen mit nach Hause genommen? Alles clean bei dir?«, fragt Bea.

»Absolut, seit ich das Rauchen aufgegeben habe, fasse ich fast gar nichts mehr an.«

»Nun denn«, gurrt Steffi und schlürft an ihrem Chai. »Wo kommt er denn her?«

»Stuttgart.«

»Seht ihr euch wieder?«

»Ich denke nicht, wir haben noch nicht mal Nummern ausgetauscht.«

»Lotta Lotterbabe, so wird das nie was mit dir und den Kerlen!« Bea grinst.

Ich lache und ziehe die Decke fester um meine Schultern, auf einmal fröstelt es mich und ich ziehe die Schultern hoch. Manchmal glaube ich, dass Bea recht hat. Die Kerle verschwinden ebenso schnell aus meinem Leben, wie sie hineinschneien, und meist weine ich ihnen keine Träne nach. Doch manchmal, wenn ich allein in meinem Bett aufwache, das noch warm ist von dem Typen, der mich vor ein paar Stunden darin gevögelt hat, schmecke ich ein rostiges Etwas in meinem Rachen. Ein bohrendes »Was mache ich hier eigentlich?«-Gefühl, das wie ein Derwisch in meiner Kehle tanzt und nicht aufhört, bis ich es hinunterschlucke. Verdammt, ich bin dreißig Jahre alt und eigentlich zu alt für die Ficken-ohne-Frühstück-Nummer. Allerdings bin ich auch nicht an der Wir-halten-Händchen-und-gehen-zu-meinen-Eltern-Kaffee-trinken-Geschichte interessiert. Mir grauts vor Kosenamen, vor Routine-Sex, der abends vorm Einschlafen unter der warmen Decke noch kurz passiert, weil er eben dazugehört, vor Streitereien, die dir jede Party versauen, und vor allem vor jemandem, der mich selbst im Ärger noch »Schatz« nennt, weil er vor lauter Schnupsihasimausi meinen Vornamen schon gar nicht mehr weiß. So war das schon immer: Ich teile mein Bett, aber nicht mein Herz – zumindest nicht so schnell.

Steffi und Bea sind da anders.

Steffi ist seit acht Jahren glücklich mit Tim zusammen, und diesen Sommer werden die beiden heiraten. Steffi will die ganze Nummer: schönes Kleid, Blumen im Haar, ein großes Fest, ein gehauchtes »Ja, ich will«. Was sie nicht will: Reihenendhaus, eine ganze Schar von Kindern, Hund und Gartenzaun. Und deshalb sind wir Freunde. Steffi ist die Freundin, die jedes Mädchen haben sollte: Sie ist großzügig, gutherzig und auf eine sehr angenehme Art tiefgründig lustig. Ihr Humor ist so schwarz wie ihr Haar und ihre Beobachtungen treffen präzise wie Pfeile. Steffi ist beneidenswert schlank, sie trägt ihr schwarzes Haar raspelkurz, und auch ihre Klamotten sind dunkel. Sie kombiniert schlichte schwarze Jeans mit schweren Gürteln und robusten Stiefeln. Steffi arbeitet als Grafikerin bei einer Freiburger Werbeagentur. Tim hat sie gleich am Anfang ihres Studiums kennengelernt. Die beiden sind ein Herz und eine Seele und geben Menschen wie mir den Glauben an Beziehungen zurück. Sie sind wirklich glücklich und jeder kann sehen, dass sie sich einander genügen. Manchmal, wenn wir unterwegs sind, haben die zwei einfach Spaß mit sich selbst. Sie werfen sich Blicke zu, die nur der andere deuten kann, sie machen Witze, über die sie gegenseitig lachen können, und sie sind sich stets wahnsinnig nah.

Und Bea ist ohnehin ein Phänomen. Sie ist eine der hübschesten Frauen, die ich je gesehen habe: Ihr Haar ist blond und so lang, glatt und glänzend, dass es immer so aussieht, als hätte sie soeben den Kamm aus der Hand gelegt. Sie hat den Arsch einer Göttin und den Gang eines Models. Ihre Augen sind tiefblau funkelnd und ihre Nase könnte glatt als Vorlage bei Schönheitsoperationen dienen. Ums mal anders zu sagen: Bea ist eine Frau, die von jeder anderen Frau auf den ersten Blick gehasst wird. Auch ich war anfangs ganz und gar nicht angetan von ihr. Ich kannte sie aus der Uni und konnte mit dem schönen Mädchen in Designerjeans und High Heels überhaupt nichts anfangen.

Bis sie sich irgendwann im ersten Semester in der Mensa zu mir und meinem besten Freund Paul setzte. Wir hatten gerade die Tabletts abgestellt, als sich Bea auf den freien Stuhl neben mir fallen ließ, laut ausatmete und mit ihrer schnoddrigen Stimme, die ich heute so gern höre, trompetete: »Alter, scheiß die Wand an, war das krass gerade!«

Ich bin fast am Essen erstickt und Paul prustete überrascht die Fanta über den ganzen Tisch. Bea ist ein Bauarbeiter im Körper eines Engels. Die Männer liegen ihr zu Füßen, doch sie schenkte ihr Herz nur einem: Bea war fünf Jahre lang mit Thorsten zusammen, einem feinfühligen Kerl mit Händen groß wie Schaufeln. Eines Tages kam er nach Hause, gab ihr einen Kuss und sagte: »Es geht nicht mehr, ich fühle nichts mehr für dich.« Beas Herz brach in der Sekunde, in der die Worte noch im Raum schwebten, und ihr Leuchten erlosch augenblicklich. Sie brauchte danach fast anderthalb Jahre, um wieder auf die Beine zu kommen. Doch ihr Strahlen kam zurück, und heute sagt sie: »Scheiße, wenn ein Kerl mich will, dann muss er verdammt noch mal alles für mich tun, aber wenn er mir das Herz bricht, breche ich ihm die Nase.«

Sie ist vorsichtig geworden, was Emotionen angeht, und vergnügt sich lieber mit zahlreichen Lovern. Bloß nicht zu viele Gefühle investieren, bloß nicht sich selbst noch einmal so verletzbar machen, dass ein Mistkerl es schafft, sie so sehr aus dem Leben zu reißen, dass sie nicht mehr weiß, wo oben und unten ist. Und so sägt sie nach drei bis sechs Monaten, kurz bevor es ernst werden könnte, den einen lächelnd ab, wendet sich zum Gehen und kann noch auf dem Nachhauseweg entscheiden, welcher der Nächste wird. Bisweilen ist es für ihre Freunde anstrengend, da mitzukommen. Es wäre nicht das erste Mal, dass Steffi oder ich überrascht zu ihrem Begleiter sagen: »Huch, äh, du bist ja gar nicht der Alex. Trotzdem: Hallo.«

Und ich? Ich bin dieses Jahr dreißig geworden und im Großen und Ganzen ganz zufrieden mit meinem Leben. Ich treibe viel Sport und arbeite in der Marketingabteilung eines Museums, wo ich mich um die wechselnden Ausstellungen kümmere.

Mein Job ist gut bezahlt und macht mir Spaß. Einzig das Liebesding läuft nicht so, dass ich es stolz meinen Eltern erzählen könnte. Ich halte es meist mit den One-Night-Stands, keine Telefonnummern, kein zweites oder drittes Date, keine Verpflichtungen, nur Spaß. Damit bin ich immer gut gefahren, nur in letzter Zeit brauche ich etwas länger als sonst, um einen Kerl nach dem Fick wieder zu vergessen und mein Leben normal weiterzuleben. In letzter Zeit denke ich manchmal, dass es vielleicht schön wäre, neben jemandem aufzuwachen, neben dem man gern aufwacht. Jemandem liebevoll »Gute Nacht« zu wünschen und sich in seinen Arm zu kuscheln, ohne fieberhaft zu überlegen, ob man eben im Eifer des Gefechts aus Versehen den falschen Namen genannt hat. Es ist ganz einfach: Vögeln ist nicht Kuscheln. Doch dann kommt wieder einer dazwischen. So wie Thomas, der Bulle, den ich nicht wiedersehen werde.

»Shit, ich muss los«, sagt Steffi und steht auf. »Tim wartet, wir müssen noch packen und fahren heute Abend zu seinen Eltern, bevor es morgen in den Urlaub geht. Dann bis in zwei Wochen, ihr zwei!«

Steffi drückt uns beide zum Abschied und verschwindet um die Ecke. Bea erhebt sich ebenfalls, um Kippen zu holen. Ich puste auf meinen Kaffee und schaue gedankenverloren auf den Augustinerplatz, die Sonne ist fast weg, und es wird langsam richtig kalt.

Neben mir sitzen zwei Frauen in den Dreißigern und trinken Tee aus großen Gläsern.

Sie haben beide einen Kinderwagen dabei und irgendwo springt noch ein größeres Kind herum, das zu der Blonden mit dem Batikschal gehört.

»Ich hab gestern mit meiner Schwester telefoniert«, sagt die mit den Dreadlocks, die ihren Kinderwagen unablässig schaukelt. Wie ferngesteuert, denke ich, ich bin sicher, dass sie nicht mal merkt, dass sie das tut.

»Sie ist schwanger, stell dir das vor. Dabei ist Lene doch erst anderthalb.«

»In welchem Monat ist sie denn?«

»Schon im dritten. Und sie hat es gar nicht bemerkt. Sie war nur bei ihrem Hausarzt, weil ihr immer übel und schwindelig war.«

»Übel war mir bei Kai-Lukas nie«, sagt die Blonde. »Aber ich hatte einen Heißhunger auf Hackfleisch, dabei konnte ich das früher nicht ausstehen. Das war schon komisch.«

»Das kenne ich«, antwortet die Dreadfrau. »Ich habe schon im zweiten Monat nicht mehr in meine BHs gepasst, das war verrückt. Und meine Freudin Elli ist Hebamme und sie sagt, manche Frauen merken es an den verrücktesten Dingen, zum Beispiel weil sie plötzlich mehr Speichel produzieren. Lustig, nicht wahr?«

Ich fange an zu zittern, ein bohrendes Gefühl zerbeißt mich. Ich schnappe nach Luft und befürchte, dass ich mich auf der Stelle übergeben werde. *Der Speichel, verdammt, als diese Frau den Speichel erwähnt hat, wusste ich es.*

»Oh Gott, Lotta, hast du nen Geist gesehen?« Bea steht vor mir und schaut mich besorgt an.

»Scheiße, scheiße, scheiße. Bea, wir müssen gehen!« Ich stehe auf und laufe ein paar wackelige Schritte. Bea kommt mir hinterher und hält mich am Arm fest.

»Fuck! Was ist denn los?«

»Ich glaub, ich bin schwanger.«

»Waaaaaaaas? Wie kommst du denn jetzt darauf?«

»Mir ist doch immer schlecht, schon seit Ewigkeiten. Außerdem spielt mein Kreislauf verrückt.«

»Ja, aber ich dachte, das liegt an dem beschissenen Wetter.«

»Außerdem hätte ich schon, scheiße, welcher ist denn heute?«

»Der 3. März.«

»Ich hätte schon längst meine Tage bekommen müssen. Und ich mag plötzlich Toast Hawaii, den habe ich früher nie gegessen. Und der Speichel, den habe ich auch.«

»Ich verstehe kein Wort.«

Die Welt scheint aufgehört zu haben, sich zu drehen. Bea lässt meinen Arm los.

»Verdammt, verdammt, verdammt!«

»Okay, pass auf, wir machen einen Test, dann weißt du es.«

»Es ist Samstagnachmittag. Wo bekomme ich denn jetzt einen Test her?«

»Notapotheke. Ich fahre dich.«

Als ich in Beas Mini Cooper sitze, ist mir gleichzeitig heiß und kalt. Ich weiß schon, dass es wahr ist. Diese verdammte Geschichte mit Felix! Vor lauter Hin und Her haben wir nicht an Kondome gedacht. Das ist mir noch nie passiert. Ausgerechnet Felix. Felix, der selbstbewusste Kerl von der Party Mitte Februar. Felix, der etwas Großes werden könnte. Felix, den ich seither nicht mehr gesehen habe. Scheiße!

Lotte und Felix

13. Februar

»Darauf kann ich dir mit einem Finger antworten«, lache ich und zeige dem Typen hinter der Theke den mittleren. Ich trage zwei Gin Tonic und wühle mich durch die Menschen Richtung Steffi.

Wir sind auf einer dieser exklusiven WG-Partys. Exklusiv daran ist, dass das Einzige, was hier an eine WG erinnert, das Bier ist, das in der Badewanne gekühlt wird. Ansonsten ist alles tipptopp: Der Flur ist eher eine Empfangshalle und das Wohnzimmer locker so groß wie meine gesamte Wohnung. Es gibt eine Cocktailtheke mit Barkeeper, eine Tanzfläche, ein Buffet in der Küche und einen DJ. Marvin, den Gastgeber, kenne ich vom Studium. Er und seine vier Mitbewohner feiern regelmäßig Drecksaupartys, die in ganz Freiburg legendär sind. Sagen wir es so: Wenn du nach so einer Party nicht mit Schweizer Franken, einem falschen Ausweis, einer frischen Narbe und einer unbekannten Schönheit aufwachst, hast du was falsch gemacht. Mein bester Freund Paul schwört Stein und Bein, dass ihm das so passiert ist.

»Die Jungs sind der Hammer heute«, sage ich, als ich endlich Steffi entdecke.

»Im guten oder im schlechten Sinn?«

»Eher im schlechten.«

»Na, dann: Auf die schlechten!«, sagt Steffi und stößt lachend mit mir an.

»Du hast ja gut lachen«, erwidere ich. »Tim ist spitze. Eigentlich hat jede von uns einen Tim verdient.«

»Wenn man vom Teufel spricht, taucht er in Engelsgestalt auf«, säuselt meine Freundin und drückt ihrem Freund einen dicken Kuss auf die Lippen.

»Heiratet nicht!« Das ist Paul. Seit Tim um Steffis Hand angehalten hat, begrüßt Paul die zwei immer so. Kein »Hallo« mehr, sondern ein flapsiges »Heiratet nicht!«.

Paul kann nicht verstehen, warum man sich an eine Frau bindet. »Ich bitte dich, du kannst doch nicht immer nur Hugo-Boss-Hemden tragen. Andere Designer machen so schöne Sachen. Natürlich ist auch Boss mal okay, aber für immer dasselbe Hemd?«

Für Paul ist es schon zu viel verlangt, eine Frau wiederzutreffen, nachdem er mit ihr geschlafen hat. Paul jagt den Reiz, hat er eine erlegt, konzentriert er sich auf die nächste.

»Charlie, du Bombe«, er legt den Arm um meine Hüften. »Geiles Teil, das du da trägst.«

»Danke, Paul.«

»Super«, sagt er und lässt den Arm höher wandern, bis er meinen Rücken berührt. Das schwarze Top, das ich trage, war mal ein Kleid, ich habe es an den Hüften gerafft und den Rückenteil so weit ausgeschnitten, dass er offen bis zur Taille fällt. Seine Finger verlassen meinen Rücken ebenso schnell, wie sie ihn erklommen haben, und ich weiß: Paul hat Beute entdeckt.

»Entschuldigt mich, ich muss etwas ausprobieren.« Paul verabschiedet sich.

Er schwingt beim Laufen, seine Hose hängt ein wenig zu tief, sein Hemd ist genauso teuer, wie es aussieht, und seine Haare stehen frohlockend vom Kopf ab. Paul ist ein Bild von einem Mann: groß, sportlich, dunkel gelockt und lang bewimpert. Er ist meist besser angezogen als jeder andere im Raum und sein Siegeszug in Bezug auf Eroberungen wird nur noch von seinem Selbstbewusstsein übertroffen.

Er macht einen kurzen Halt an der Theke, holt zwei Gläser Martini und verschüttet eins in den Ausschnitt einer schlanken Rothaarigen.

Da taucht Bea auf.

»Pff, Paul zieht wieder ne Nummer ab! Das sieht nach Oje-wenn-das-Shirt-schon-nass-ist-müssen-wirs-schnell-ausziehen aus.«

»Richtig«, sage ich und gebe ihr einen Kuss auf die Wange. »Wie gehts dir?«

»Ihr glaubt nicht, was mir passiert ist«, sagt sie und streift ihre langen Haare in den Nacken.

»Hört zu, ihr erinnert euch doch an Raffael?«

»Raffael? Der Pianist?«

»Exakt.«

Bea hat Raffael vor vier Wochen kennengelernt. Sie hatte eines seiner Konzerte besucht und war von seiner Musik hingerissen. Ich selbst schlafe bei Klavierkonzerten am liebsten ein, aber Bea steht drauf. Da saß sie also, in einem hautengen blauen Kleid, der Rock zu kurz, die Absätze zu hoch, aber der Mund vor Begeisterung offen. Raffael hat sie im Publikum entdeckt und für einen kurzen Augenblick fast die Fassung verloren. Nach dem Konzert drängelte er sich durch die Fans, ignorierte ihre Bitten und Fragen und suchte den Saal nach Bea ab. Er fand sie lächelnd am Tresen stehen, ein Glas Champagner in der Hand, als würde sie nur auf ihn warten. Und das tat sie auch.

»Da sind Sie ja«, sprach er sie an.

»Mein Freund, wenn du mich anbaggerst, verkneif dir das ›Sie‹«, erwiderte sie nur halb charmant.

Raffael schluckte und lud Bea auf eine Art Aftershowparty ein, oder wie auch immer das Ding nach Klavierkonzerten heißen mag. Danach waren sie noch ein paar Mal aus, aber soweit ich weiß, lief noch nie etwas zwischen den beiden.

»Alter, gestern hat mich Raffael zum Essen eingeladen.« Beas Augen funkeln. »Ich dachte, es wird ein netter Abend. Wir waren schick aus, danach haben wir noch einen Drink genommen und vor meiner Haustür hat er mich endlich geküsst.«

»Oh, wie schön. Wie wars?« Steffis Stimme überschlägt sich fast vor Begeisterung.

»Der Kuss war super. Und ich dachte: Prima, ein Typ, der musikalisch ist, der tanzen kann und gut küsst. Der muss doch verdammt noch mal im Bett eine Granate sein.«

»Richtig, Schwester«, nicke ich.

»Aber Lotta«, sagt Steffi und klingt wie meine Mutter. »Es geht doch nicht immer nur um das eine!«

Bea und ich tauschen einen Blick aus. Wie zwei Schwestern, die heimlich nachts aus dem Haus schleichen wollen.

»Na ja«, beginne ich. »Nicht immer, aber ich bitte dich, was will sie denn sonst mit dem Langweiler?«

Ich halte nicht viel von Raffael, er ist so geleckt, das gefällt mir nicht. Er ist überaus korrekt, er siezt jeden, den er das erste Mal trifft, er reicht uns immer die Hand zur Begrüßung und außerdem trägt er sein Haar wie Barbies Ken. Zudem kenne ich Bea seit fast zehn Jahren; er ist ein nettes Aushängeschild, aber auf Dauer zu langweilig für sie. Bea bleibt eher bei den Tätowierten als bei den Pianisten dieser Welt.

»Langweilig hin oder her. Um es kurz zu machen: Ich habe ihn rausgeschmissen.«

Tim, der die ganze Zeit neben uns steht, mischt sich ein: »Was? Warum das denn?«

»Mensch Alter, so nicht. Nicht mit mir. Der Typ ist eine Niete im Bett.«

»Komisch«, sage ich. »Ich dachte, er kann küssen und tanzen? Normalerweise eine Empfehlung für eine gute Nacht.«

»Ich weiß, das habe ich auch gedacht, aber nichts da. Scheiß-Katastrophe! Es war sterbenslangweilig. Das Einzige, was er gemacht hat, war, an meinen Nippeln zu lecken. Immer wieder, die ganze Zeit. Dabei wollte ich ...« – »So, ich gehe jetzt mal Bier holen«, Tim wird die Nummer zu heiß.

»Wie auch immer, ich bin fast eingeschlafen dabei. Stellt euch vor, mir war richtig langweilig. Und ich habe alles versucht: Ich habe ihn auf den Rücken gedreht, bin auf ihn geklettert, habe seinen Schwanz in den Mund genommen, seinen Kopf dirigiert, mich weggedreht. Aber er kam immer wieder zurück zum Tittenlecken.«

»Hallo? Bea? Wie wärs mit reden?«, wende ich ein.

»Hab ich. Natürlich. Als alles nichts half, habe ich seinen Kopf in meine Hände genommen, ihm in die Augen geschaut und ›Raffael, fick mich!‹ gesagt.«

»Und dann?«

»Dann hat er gesagt: ›Ja, gleich.‹«

»Wow!« Steffi und ich können es nicht fassen. Ich fange an zu lachen: »*Ja gleich!* Scheiße, das antwortest du auf ›Schatz, holst du mal ein Bier bitte?‹, aber doch nicht auf ›Fick mich‹. Auf ›Fick mich‹ gibts nur eine Antwort. Verdammt!«

»Ich weiß«, seufzt Bea. »Deshalb habe ich ihn auch rausgeschmissen.«

»Echt?«, fragt Steffi. »Wie denn?«

»Das war leicht. Ich habe ihm gesagt, dass ich morgen früh raus muss und dass er daher jetzt besser gehen sollte. Er, wie immer Gentleman, hat seine Sachen angezogen und ist gegangen. Einfach so, er war auch nicht sauer oder enttäuscht oder so. Wahrscheinlich reicht ihm das Nippellecken. Was weiß ich, Freak halt!«

»Ich habe mal einen rausgeschmissen, indem ich einen Streit vorgetäuscht habe«, erinnere ich mich.

»Wie täuscht man denn einen Streit vor?«, fragt Bea.

»Das ist bestimmt schon sieben Jahre her. Ich weiß auch gar nicht mehr, wie der Typ hieß. Jochen oder Joachim oder so ähnlich. Auf jeden Fall hatte ich plötzlich keinen Bock mehr. Wir haben auf irgendeiner Studentenparty rumgemacht und sind dann zu mir. Und irgendwie ist mir die Lust vergangen. Also habe ich mit ganz ernster Stimme mitten im ganzen Knutsch-Fummel-Wirrwarr gemotzt: ›Was hast du gerade gesagt?‹ Ich habe ihm fest in die Augen geblickt und dann gesagt: ›Oje, ich glaube, es ist besser, wenn du jetzt gehst.‹ Er war natürlich total verwirrt und fragte, was er denn gesagt habe. Und ich noch ein wenig böser in der Stimme: ›Du, ich glaube wirklich, es ist besser, wenn du jetzt gehst.‹ Dann bin ich aufgestanden und habe ihm die Tür aufgehalten. Er ist also total verdattert von dannen gezogen und weiß wohl bis heute nicht, was er falsch gemacht hat. Es lag ja auch nicht an ihm, ich wollte nur nicht mehr.«

»So was liegt immer an ihm, Süße!«, raunt Bea und hebt entschuldigend beide Hände.

Wo ist eigentlich Paul? Ich recke meinen Hals und entdecke ihn mit Tim an der Bar. Ohne die Rothaarige.

Plötzlich weht ein kalter Hauch von hinten und streift meinen nackten Rücken. Zumindest ist es in meiner Erinnerung so. Instinktiv drehe ich mich um – und sehe: ihn. Er steht lachend neben Christian, Marvins Mitbewohner, und hält ein Beck's in der Hand. Mein Blick bleibt an ihm hängen. Ein hübscher Kerl: groß, athletisch, dunkle Haare, die sicher stundenlang so gerichtet werden müssen, damit sie so aussehen, als hätte er sich gerade erst aus den Kissen erhoben. Gute Jeans, gestreiftes Hemd, graue Strickjacke. Tipptopp. In dem einen Moment, in dem ich ihn zu lange angesehen habe, als dass es noch als harmloses Überblick-Verschaffen gelten könnte, hebt er den Kopf und sieht mir durch den ganzen Raum hindurch in die Augen. Es knistert. Wahnsinn. Er löst sich von Christian und schreitet mit großen Schritten so rasch auf uns zu, dass ich gar nicht glauben kann, was gerade passiert. Er hat mich die ganze Zeit fest im Blick.

»Da bist du ja.«

»Äh, wie bitte?«

»Komm mit!«

Ich blicke Bea und Steffi an, zucke kurz mit den Schultern und lasse mich tatsächlich von dem fremden Kerl an der Hand nehmen und quer durch den Raum führen. Das ist eigentlich nicht meine Art, ich stehe nicht auf die einfache Nummer. Wer mich will, muss sich schon ein wenig anstrengen. Aber das hier ist etwas anderes. ›Da bist du ja‹ – das klingt groß. Ich habe mal gelesen, dass du, wenn du den Mann deines

Lebens endlich triffst, augenblicklich auch mit deinem ganzen Leben antworten kannst.

»Was trinkst du?«, fragt er, als wir an der Bar angekommen sind.

»Wodka«, sage ich.

»Alles klar.«

Er besorgt zwei Kurze, wir stoßen an und ich kippe den kalten Fusel runter. Es schüttelt mich, aber dieser Typ gefällt mir. Sehr sogar. Beim Anstoßen kommt er mir gefährlich nahe und ich registriere augenblicklich, wie wahnsinnig gut er riecht. Manchmal weißt du sofort, obs passt oder eben nicht. Geruch hat damit fast immer etwas zu tun.

»Ich heiße Felix«, sagt er, als hätte ich ihn danach gefragt.

»Und ich Charlotte.«

»Lotte, Lotta oder Charlotte?«

»Das kommt darauf an, wen du fragst«, lache ich.

»Ich entscheide mich für Lotte.«

»Das tun die meisten Jungs.«

»Wie bitte?«

»Ach nichts. Was trinkst du normalerweise?« Ich winke dem Barkeeper und lasse uns noch mal zwei Wodka einschenken.

»Nur Klares ist Wahres«, sagt er und zwinkert. Ich entdecke, dass er kleine Sommersprossen um die Augen hat.

»Das finde ich auch. Prost, Felix.«

»Prost, Lotte. Auf was trinken wir?«

»Ich trinke immer aufs Leben.«

»Und ich auf den Tag.«

»Na dann, auf diesen Tag des Lebens!«

Wir bleiben die nächsten Stunden an der Bar stehen und ich habe einen fantastischen Abend. Felix ist ein Draufgänger und fast so selbstbewusst wie Paul, und er richtet seine ganze Aufmerksamkeit ausschließlich auf mich. Wer auch immer ihn anspricht, hat keine Chance. Nicht heute Abend. Er lässt mich im wahrsten Sinne des Wortes keine Minute aus den Augen und gibt mir das Gefühl, der einzige Grund für seinen Besuch auf dieser Party zu sein. Wir trinken zahllose Wodkas und ich verliere das Zeitgefühl. Als mein Hals schon ganz rau vom Schlucken und Reden ist und meine Füße schwer werden, legt er seine Hand um meinen Nacken und küsst mich. Seine Zunge ist schwer und fordernd, seine Hand drückt mich eng an ihn. Ich stelle mich auf die Zehenspitzen, um ihm näher zu sein.

»Gehen wir«, nuschelt er und zieht mich Richtung Ausgang.

Felix verlangt, was er will, er fragt nicht danach. Aber dieser Mir-gehört-die-Welt-Gestus macht mich heute richtig an. Nicht denken, nur machen! Oder besser gesagt, machen lassen. Ich suche meine Jacke, sage Bea Tschüss, die anderen sind schon weg, und verlasse Hand in Hand mit Felix Marvins Wohnung. Es ist nicht weit bis zu mir, etwa fünfzehn Minuten zu Fuß. Allerdings nur, wenn man nüchtern ist. Und ohne Knutschpausen.

Wir laufen Händchen haltend durch die Kälte, ich ziehe meinen Schal um mein Gesicht und wundere mich über das Händchenhalten. Früher, als ich jung war, war Händchenhalten für mich ein Signal, dass aus einer netten Geschichte eine ernsthafte Beziehung wurde. Dieser magische Moment, wenn du neben dem Kerl läufst, den du toll findest, und er deine Hand nimmt. Stolz war ich damals. Und fühlte mich groß. Und schön. Heute halte ich präkoital ständig die Hand von irgendjemandem – von Magie hat das schon lange nichts mehr.

Wir überqueren die Straße, es ist fast vier Uhr morgens und Felix bleibt plötzlich stehen. Er dreht sich zu mir und küsst mich fest auf den Mund. Ich schlinge meine Arme um seinen Nacken und lasse mich von ihm hochheben, er drückt mich in einen Hauseingang. Er öffnet meine Jacke und schiebt seine Hände unter mein T-Shirt. Ich zucke zusammen, als ich seine kalten Finger auf meinen Brüsten spüre. Er schiebt seine Hand in meine Hose, ich beiße ihm in den Hals und hauche in sein Ohr. Hart beult sich seine Jeans unter meinen Händen. Seine Finger werden fordernder und seine Küsse härter. Die Straße ist menschenleer, und es ist dunkel. Wir sind betrunken und ich kann mich kaum auf den Beinen halten, öffne sie aber, um ihn besser zu spüren. Meine Lippen sind schon ganz wundgeknutscht und sein kratziges Dreitagebartgesicht raut meine Haut auf. Nicht aufhören, großer Gott, nicht aufhören. Ich lehne an der Hauswand, er steht mit offener Hose über mir gebeugt und hebt mich höher, um mir noch näher zu sein. Ich schlinge die Beine um seine Hüfte, seine rechte Hand ruht an meinem Hintern, die linke zwischen meinen Beinen. Mir wird heiß und mein erster Orgasmus des Abends ist der schönste. Ich zittere und schiebe seine Hand aus mir heraus, er lässt mich langsam runter.

Ich richte die Klamotten und ziehe ihn an der Hand weiter. Nur noch wenige Minuten bis zu meiner Wohnung. Schon im Treppenhaus halten wir es kaum aus. Ich schließe die Wohnungstür auf, während er hinter mir steht und beide Hände unter mein Shirt schiebt. Wir kommen gar nicht bis in mein Schlafzimmer, sondern landen direkt auf dem Flurfußboden. Er ist über mir, fingert die Klamotten zur Seite und dringt so schnell in mich ein, dass ich sogar noch die Jacke anhabe. Ich werfe mich ihm entgegen und spüre vor lauter Erregung den harten Boden gar nicht. Die Dielen knarren. Er stützt seine Hände auf dem kühlen Holz ab und kommt nach wenigen Minuten. Er bleibt mit ausgestreckten Armen, offener Hose und einem erleichterten Lachen in den Augen auf dem Rücken liegen. Ich lege meinen Kopf auf seine Schulter.

»So, kann ich dir was anbieten?«, frage ich lachend.

»Baby, mehr geht nicht. Du bist der helle Wahnsinn.«

»Wow!«, sage ich und hasse dieses »Baby«. »Dann ist ja gut.« Ich küsse ihn auf den Hals und richte mich auf.

»Ich muss eigentlich nach Hause. Morgen früh bin ich mit nem Kumpel zum Boarden verabredet.«

»Alles klar.«

Er steht auf, zieht seine Klamotten an, knutscht mich noch einmal so wild, dass mir die Luft wegbleibt, und geht.

Erst als ich am nächsten Morgen in meinem Bett erwache, mit einem Kater zum Davonlaufen und einem mascaraverschmierten Gesicht wie ein Pandabär, spüre ich die Kälte in der Wohnung. Irgendwie hat Felix es mir angetan, der Abend war wunderbar, nur die Pornonummer im Flur hat einen so schlechten Nachgeschmack hinterlassen, dass ichs im ersten Moment nicht bereue, ihm meine Telefonnummer nicht gegeben zu haben.

3. März, 17 Uhr

Doch als ich an diesem Samstagnachmittag nach Hause komme, mit dem Schwangerschaftstest in der verdammten Tüte, da lässt mich dieser Gedanke nicht mehr los: Ich weiß gar nichts über Felix! Gar nichts!

Ich pinkele auf den Streifen, nehme ihn mit in die Küche und lege ihn auf den Tisch, damit er sich verfärben kann. Ich schenke mir ein Glas Wasser ein, blicke auf den Test und lasse es fallen.

3. März, 18 Uhr

Fuck! Fuck! Fuck! Was mache ich denn jetzt? Bea ist zu einem Polterabend gefahren. Obwohl sie bei mir bleiben wollte, habe ich sie weggeschickt. Steffi ist mit Tim auf dem Weg zu seinen Eltern und ich sitze auf dem verdammten Küchenboden mit dem verfickten positiven Test in den Fingern und weiß nicht, was ich tun soll. Absurderweise läuft Lou Reeds *Perfect day* im Radio und bohrt sich in meinen Kopf.

Kondome! Ich benutze immer Kondome! Aber an diesem schicksalhaften Tag eben nicht. Alles ging so schnell, ich weiß nicht, wie mir das passieren konnte. Ich nehme die Hände vors Gesicht und versuche, ruhig ein- und auszuatmen.

Irgendwann halte ich es nicht mehr aus. Ich rappele mich auf und stehe etwas hilflos in meiner Küche. Mittlerweile ist es dunkel geworden und ich muss das Licht anschalten.

Ich lehne mich gegen meinen grünen Lieblingssessel, den mir mein Vater vor Jahren geschenkt hat und der schon in jeder meiner Küchen stand, und trinke Wasser direkt aus der Flasche. Ich setze sie ab und laufe mit zittrigen Knien ins Badezimmer. Dort lasse ich kaltes Wasser über mein Gesicht laufen und versuche, einen klaren Gedanken zu fassen. Tropfend stehe ich vor dem Waschbecken und weiß nicht, wohin mit mir. Ich erschrecke mich beinahe vor meinem eigenen Spiegelbild. Meine Schminke ist verlaufen und meine Augen sehen noch dunkler aus als sonst. Ich streife meine Haare zurück und suche einen Haargummi in der Tasche meines Kleides. Bea liebt mein Haar, sie sagt, es sei wie das von Schneewittchen – nachdem sie in einem Cabrio durch einen Hurrikan gefahren ist. Ich binde mir einen Zopf und wische die Mascarareste aus den Augenwinkeln.

Ich lege die Hände vor die Augen und habe Angst, gleich ohnmächtig zu werden. Und ich habe Angst vor diesem Kind, das in mir wächst. Ein Kind! In mir! Mein erster Gedanke ist: Das schaffe ich nicht. Mein zweiter: Ich muss Felix finden. Beim dritten komme ich auf die Idee, Paul anzurufen. Paul funktioniert in Notfällen gut, und einen verfluchten Notfall habe ich.

»Bin in zwanzig Minuten da, Charlie«, sagt Paul am Handy, als ich ihm erzähle, dass etwas passiert ist.

Just a perfect day,
You made me forget myself.
I thought I was someone else,
Someone good.

Dieser verdammte Ohrwurm verspottet mich.

Ich laufe so lange ziellos durch meine Wohnung, bis es endlich an der Tür klingelt.

»Charlie, was zur Hölle ist denn los?«

»Hallo Paul.«

Wir gehen in die Küche.

»Also?«

»Ich, ich … bin schwanger!«, platzt es aus mir heraus. Großer Gott, das hört sich so absolut an. Und das ist es auch.

Paul schnauft und lässt sich auf einen Stuhl fallen. »Fuck!«

»Das habe ich auch gedacht«, sage ich und setze mich in meinen Sessel.

»Von wem?«

»Felix, dieser Typ von Marvins Party vor drei Wochen.«

»Sicher?«

»Ja, es kommt kein anderer infrage.«

»Okay, und was machst du jetzt?«

»Keine Ahnung.« Ich bin den Tränen nahe.

»Scheiße, echt.«

»Hmm.«

»Willst dus denn behalten?«

»Was? Klar!« Huch, das war eindeutig. Ich hatte mir noch gar keine Gedanken darüber gemacht, aber ich bin mir überraschend sicher: Etwas anderes ist für mich unvorstellbar. Ich bin gerade dreißig Jahre alt geworden, mein Job ist gut bezahlt und unbefristet, ich habe keinerlei Geldprobleme. Ich werde dieses Kind behalten.

You just keep me hanging on.

»Okay. Dann solltest du diesen Felix mal anrufen und dann schaust du weiter.«

»Das ist ja das Problem. Ich habe seine Nummer nicht. Ich weiß auch nicht, wo er wohnt. Geschweige denn sonst irgendwas über ihn.« Herrje, ich glaube, ich bin kurz vor einer Ohnmacht.

»Oh. Das ist echt ein Problem. Was weißt du denn über ihn? Mit wem war er auf der Party?«

»Kein Plan. Ich weiß, dass er 32 ist und als Lehrer arbeitet, glaub ich, und dass er angeblich in irgendeiner Band spielt. Ich weiß noch nicht mal, ob er Marvin kennt. Aber, warte, er kennt Christian, zumindest haben die zwei sich unterhalten.«

»Dann rufe ich den mal an«, sagt Paul und zückt sein iPhone.

Ich höre nur Satzfetzen, es rauscht in meinem Kopf, aber als Paul auflegt, scheint er keine guten Neuigkeiten zu haben.

»Christian kennt ihn auch nicht, er sagt, du solltest Marvin fragen, aber der ist unterwegs. Ich rufe ihn an.«

Ich tigere um Paul herum, während er Marvins Nummer wählt. Er wartet kurz und legt dann auf. »Mailbox. Aber ich weiß, dass er heute Abend in die Cohibar wollte.«

»Okay. Scheiße, Paul, was machen wir denn jetzt?«

»Kennst du denn seinen Nachnamen? Dann könnte Facebook helfen oder Google.«

»Klar, und seine Bankverbindung und den Mädchennamen seiner Mutter kenne ich auch. Nein, ich weiß nichts davon.«

Ich will nicht sauer sein, Paul ist ein echter Schatz, ich weiß, dass er mir helfen wird. Das tut er immer. Schon seit zehn Jahren.

Charlie und Paul

September vor zehn Jahren

Kennengelernt haben wir uns an meinem ersten Tag in Freiburg. Ich war gerade zum Studieren hergezogen, die Uni startete in zwei Wochen. Alles war neu und aufregend. Ich hatte mich erst vor wenigen Wochen von meinem Freund getrennt, das Abi frisch in der Tasche und das Gefühl, die Welt erobern zu können. Ich habe mich nie wieder so erwachsen gefühlt wie in diesem Sommer, bevor das Studium losging. Es war aufregend, ich war ganz allein und kannte niemanden in der Stadt.

Der Umzug war anstrengend, mein Zimmer stand voller Kisten und ich fühlte mich wie an einem ersten Urlaubstag. Es war nur eine Ahnung von einem diffusen Gefühl – einem Gefühl, dass jetzt das Leben losgeht. Wie in der Achterbahn ganz kurz vorm Start.

Nachdem alle Kisten und Möbel in meinem Zimmer waren, holte ich für mich und meine Umzugshelfer Bier. Als ich den Supermarkt mit zwei Sixpacks verließ, stand plötzlich ein Kerl neben mir.

»Nichts ist so sexy wie eine biertragende Frau.« Das war das Erste, was Paul zu mir sagte. Er hatte mich schon an der Kasse gesehen und war mir auf den Parkplatz gefolgt.

»Du musst mich das Bier erst trinken sehen, da geht dir dann richtig einer ab«, lachte ich und ließ ihn stehen.

Es war das erste und das einzige Mal, dass ich Paul sprachlos gesehen habe. Ich muss seinen Jagdinstinkt ins Unermessliche gereizt haben, denn von diesem Tag an ließ er nicht von mir ab.

Am allerersten Unitag der Orientierungswoche, in der sich alles um Stunden- und Seminarpläne, Bibliotheksbesichtigungen, Mensaführungen, Kleiderketten, wilde Partys und Wodka bis morgens um acht Uhr drehte, sah ich ihn im Seminarraum bei der Vorstellungsrunde wieder. Wir waren etwa hundert Erstsemester, mit Glanz in den Augen und Nervosität im Gepäck, und der Seminarraum strahlte den unerbittlichen Charme einer Siebzigerjahre-Amtsstube aus.

Paul machte sich ziemlich breit, er musterte den Raum auf eine Art, die nicht verhehlte, dass er wusste, wie unverschämt gut er aussieht. Als die erste Vorstellungsrunde vorbei war, drängelte ich mich an den Leuten vorbei und nestelte im Treppenhaus ein Päckchen Zigaretten aus meiner Hosentasche. Ich hatte die Kippe noch nicht mal im Mund, da hatte ich schon eine Flamme im Gesicht. Pauls Blick hinter dem brennenden Feuerzeug sprach Bände. Er zog eine Augenbraue hoch, legte den Kopf gerade so wenig schief, dass es nur nach Aufmerksamkeit und nicht nach Interesse aussah, und lächelte, ohne die Lippen zu bewegen. Ich zog an der Zigarette, sah ihm in die Augen, bedankte mich kurz und drehte mich um. Ich kann solche Jungs nicht ausstehen, zudem konnte ich mich noch gut an seinen dämlichen Bierspruch erinnern und beschloss, mich überhaupt nicht auf ihn einzulassen.

Es gibt vier Sorten von Jungs: Jungs, die immer nur der beste Kumpel und niemals mehr sein können (und die das hassen). Die guten Jungs, in die man sich verlieben kann, die dich fragen, bevor sie Pläne fürs Wochenende machen, die dir die Tür aufhalten, dich niemals auch nur die kleinste Einkaufstasche selbst tragen lassen würden, die dir auf jede SMS sofort antworten und dir einfach offen zeigen, dass sie dich mögen. Es gibt die bösen Jungs, denen du auf den ersten Blick ansiehst, dass sie dir früher oder später wehtun werden. Und es gibt die Player. Die sind nicht so leicht zu erkennen. Außer du selbst beherrschst die Sex-ist-nicht-Liebe-Regeln, dann erkennt man sich sofort. Und zwar gegenseitig. Paul gehörte eindeutig zu den letzteren beiden Kategorien und alle meine Warnleuchten gingen an. Ich war gerade raus aus einer anstrengenden Beziehung, die mich zwei Jahre meines Lebens und jede Menge Nerven gekostet und einen ordentlichen Sprung in der rosaroten Brille hinterlassen hatte. Und Pauls schönes Gesicht brach sich auf eine gefährliche Weise in genau diesem Sprung.

Doch so leicht gab er nicht auf. In der Mensa setzte er sich zu mir und schwieg die ganze Zeit, während ich mich mit Steffi, dem netten, schwarzhaarigen Mädchen aus Köln, unterhielt. Und abends auf der Erstiparty sah ich genau, dass er mich nicht aus den Augen ließ. Er hatte Fressen gefunden, das fühlte ich, aber ich wollte keine Beute sein.

Es dauerte noch zwei Wochen, bis wir endlich ins Gespräch kamen. Wir waren im Buddha Club, einem dunklen, schlauchförmigen Raum mit wummerndem Bass, das Beck's lief in Strömen und ich hatte mich eben an die Bar gedrängelt, um neues Bier für mich und Steffi zu besorgen. Ich wandte mich zum Barkeeper, doch bevor ich meine Bestellung loswerden konnte, packte mich ein Arm um meine Hüfte und zog mich weg. Überrascht stolperte ich in eine Gruppe Jungs, die ich nie zuvor gesehen hatte, lachte kurz, befreite mich und steuerte wieder auf die Bar zu. Erneut ließ mich der groß gewachsene Kerl mit Stachelfrisur kaum die Theke erreichen, als er mich ein weiteres Mal zurückzog. Unsanft angefasst, war mir das Lachen vergangen und ich fauchte ihn an: »Alter, lass mich in Ruhe.« Diesmal war die Befreiung aus seinen Armen ein wenig komplizierter und meine Laune wurde bissig. Als ich das dritte Mal an der Theke stand und zum dritten Mal den Kerl hinter mir spürte, drehte ich mich wutentbrannt um, als sein Griff mir die Beine wegriss.

»Verdammt!«, fauchte ich. Der Kreis der Jungs schloss sich enger um mich und meine Wut verwandelte sich in Panik.

»Schatz, da bist du ja!« Es war eine vertraute Stimme, die ich da hörte. Ich fühlte eine leichte Hand auf meiner Schulter und sah fünf Jungs, die die anderen Kerle unsanft zur Seite bugsierten. Der Stachelhaartyp sah sich einem riesigen Kerl gegenüber, der ihn postwendend aus dem Club warf.

Paul hatte die Szene beobachtet und kurzerhand Freundschaft mit zwei Jungs geschlossen und zwei Türsteher organisiert. Seine Auftritte sind stets perfekt geplant, etwas dem Zufall zu überlassen ist nicht seine Sache. Nach dieser Rettungsaktion ließ ich ihn endlich zu Wort kommen und stellte fest, dass Paul ein echt netter Kerl ist. Er ist witzig und eloquent, er hört zu und hat wirklich etwas zu erzählen. Er stellt jede Menge haltlose Theorien auf, die im Kern manchmal verdammt wahr sind. Er bringt dich nicht nur zum Lachen, sondern auch zum Nachdenken.

Was mich allerdings von Anfang an irritierte: Paul lebt in seiner eigenen Welt, Beziehungen scheinen darin keinen Platz zu haben, er hat eine Handvoll Freunde und das wars. Er sagt niemals »wir«, das ist mir schon am Abend im Buddha Club aufgefallen, er sprach von seiner Familie und nannte sie »sie«. Und wenn er uns etwas zu trinken holte, sagte er: »Ich hole dir und mir mal noch ein Bier.« Kein »uns«, kein »wir«, Paul ist ein »ich«. Über ein »du« zum »wir« hat es bis heute niemand geschafft. Und das ist nur eine von den vielen Marotten, die aus dem im Grunde liebenswürdigen einen verrückten Kerl machen; nichtsdestotrotz ist er mir ans Herz gewachsen.

Paul ist ein Einzelgänger, jemand, der gut allein durchs Leben kommt. Und wenn du weißt, wie du ihn zu nehmen hast, kannst du zwar nicht mit ihm, aber super neben ihm leben. Ich habe keinen Zweifel daran, dass er mir helfen wird, Felix zu finden.

3. März, 19 Uhr

Mittlerweile ist es dunkel draußen, ich habe mir Tee gekocht, Paul trinkt Wasser und wir sitzen in der Küche und überlegen, was wir tun können. Paul hat die Beine übereinandergeschlagen, sich im Stuhl zurückgelehnt und denkt nach.

Ich sitze im Sessel, ziehe meine Beine an meinen Körper und meine Strickjacke enger um mich; ich fühle mich, als würde ich krank werden. Ich dachte immer, es sei der größte Moment im Leben, wenn man feststellt, dass man ein neues gibt. Aber so war auch nicht der Plan. Zum Plan gehörte vor allem ein richtiger Plan, ein überlegter Entschluss, Kinder haben zu wollen. Du brauchst den richtigen Mann, den richtigen Zeitpunkt und das richtige Leben. Und ich? Ich bin dreißig und bekomme das Kind eines Fremden. So hatte ich mir das nicht vorgestellt. Dass ich Kinder will, wusste ich schon immer, das gehört zu meiner Vorstellung vom Leben einfach dazu. Die Frage war das Wann und Wie, aber darüber habe ich mir nie den Kopf zerbrochen, eines Tages wird es schon passen, habe ich gedacht. Eines Tages weiß ich, dass nun der Moment gekommen ist, endgültig erwachsen zu werden und Verantwortung zu übernehmen, für mein Leben und für das Leben eines anderen. Doch bin ich wirklich jetzt schon bereit dafür? Wahrscheinlich nicht.

Auf der anderen Seite passiert es mir manchmal in letzter Zeit, dass ich in einem verrauchten, stickigen Club rumstehe, mitten in der Nacht, mit klebrigen Fingern und Wodka im Hals, und nicht weiß, was ich eigentlich dort treibe. Es ist duster, jeder ist so betrunken, dass man es kaum aushält, nicht der vollste Mensch auf der Tanzfläche zu sein. Es sind dreckige, laute Partys, auf denen nur deshalb gelacht wird, weil es sonst nichts zu lachen gibt.

Neulich hat mich dieser Gedanke zum ersten Mal gebissen. Ich hielt ein Glas Gin Tonic in der Hand, das nur halb gefüllt war, weil ich die ganze Zeit angerempelt wurde. Ein besonders hartnäckiger Kerl, voll wie ein Eimer, hatte sich an uns festgebissen und tingelte und torkelte die ganze Zeit um uns herum. Ich habe ihn mehrfach anfauchen müssen, dass er mich nicht anfassen soll, und war so genervt, dass ich einfach nur noch wegwollte. Und da kam mir ganz unvermittelt ein überraschend klarer Gedanke, der mich nicht mehr losließ: Was mache ich hier eigentlich? Ich war umgeben von Menschen in ihren Dreißigern, die auch frühmorgens um fünf noch nicht genug haben und in Scharen ruhelos von einem Club in den nächsten ziehen. Immer, wenn sich eine Kellerbartür schließt, öffnet sich irgendwo die nächste. Nach Hause geht es erst, wenn die Sonne scheint, das Bier nicht mehr schmeckt und auch sonst nichts mehr läuft. In unserem Alter hatten unsere Eltern schon Kinder, ein Haus und jede Menge Verantwortung. Und wir? Wir haben nur die Scheißverantwortung für uns selbst – und die endet meistens dann, wenn du ein volles Glas flüssigen Lächelns in den Händen hast. Wahllos wird im Vollsuff mit jedem Halbidioten über irgendwelche beknackten Welttheorien gesprochen, geknutscht wird, was neben dir steht, und im schlimmsten Fall wachst du am nächsten Morgen mit einem Kerl auf, dem du normalerweise noch nicht mal die Uhrzeit gesagt hättest. Dieses belanglose Partyhopping ödete mich plötzlich fürchterlich an. Habe ich eigentlich nichts Besseres zu tun, als nachts um halb fünf die ekligen oder anstrengenden Jungs von denen unterscheiden zu müssen, die vielleicht auch im Tageslicht nicht zum Davonlaufen sind? Ich bin dreißig Jahre alt und trage nur Verantwortung für mich selbst. Und das noch nicht einmal besonders gut. Diese Gedanken kamen ebenso überraschend wie unangenehm und ich habe sie einfach weggespült. Mit Gin.

Und jetzt sitze ich in meiner Küche und weiß nicht, was mein Leben noch mit mir vorhat. Plötzlich ist da nämlich Verantwortung. Es schüttelt mich, ich brauche eine Dusche und schaue Paul an.

Er hebt den Blick und beschließt: »Okay, Charlie, das heißt, du wirst Marvin fragen, wer dieser Felix ist, aber der ist sicher nicht vor 21 oder 22 Uhr in der Cohibar. Was machst du bis dahin?«

»Ich weiß nicht«, sage ich und ich weiß es wirklich nicht. Mein Kopf ist leer und meine Gedanken schwer. »Keine Ahnung«, wiederhole ich.

Paul zuckt die Schultern. »Okay, Charlie, du musst mal was essen. Ich bin für die Casa und dann gehts in die Cohibar, um Marvin zu finden.«

»Okay«, nuschele ich, »aber ich brauche erst mal ne Dusche.«

Wir denken Schritt für Schritt, das gefällt mir, anders kann ich im Moment nicht planen, und ich bin dankbar dafür, dass mir Paul die Schritte abnimmt.

3. März, 20.30 Uhr

Es ist ziemlich voll, als Paul und ich uns durch die Tür drängeln. Die Casa Española ist ein authentisches spanisches Tapasrestaurant, das stets gut besucht ist. Wir setzen uns an einen Tisch am Fenster und bestellen verschiedene Kleinigkeiten. Mir ist ziemlich schlecht und so bleibe ich hauptsächlich beim Brot. Schon seit meiner Kindheit schlägt mir alles buchstäblich auf den Magen: Klassenarbeiten, Liebeskummer, Ärger, Wut, Aufregung – ich reagiere mit einem empfindlichen Gefühl im Magen, der sich so weit zusammenkrampfen kann, dass mir fast die Luft wegbleibt.

Es ist laut, hell und geschäftig hier. Der heimliche Star der Casa und einer der Gründe, warum alle so gern kommen, ist der lustige Kellner, an dem ein Entertainer verloren gegangen ist. Auch heute brüllt er nette Gemeinheiten quer durch den Raum, die Tür des Essenaufzugs klappert unaufhörlich, das alte Gemäuer wirft Gesprächsfetzen zurück. Ich lehne mich mit einem Brotkanten in der Hand, eine Apfelsaftschorle vor mir, in meinem Stuhl zurück. Paul trinkt den viel gelobten Hauswein und ich überlege, wann ich zum letzten Mal zum Abendessen Saft getrunken habe.

»Für einen Schnaps würde ich töten.«

»Ach herrje, Charlie, hast du überhaupt ne Ahnung, ob du das alles hier essen darfst?«, fragt Paul und zeigt in einer weiten Geste über die Tapas auf unserem Tisch.

»Keine. Aber ich werde am Montag sowieso zu meinem Arzt gehen und der wird mir schon sagen, was zu tun ist.«

»Sushi geht nicht, Leberwurst auch nicht und kein rohes Fleisch«, resümiert Paul.

Manchmal frage ich mich, wo Paul all das herhat, er hat zu allem eine Theorie und meist glänzt er mit Wissen auf völlig fremdem Gebiet. Torfwissen nennt Steffi das. Es ist, als wüsstest du alles über so etwas Unsinniges wie Torf. Nur, dieses Wissen interessiert keinen und es bringt dir auch nichts. Der Vorteil: Du bist relativ allein mit deinem Know-how und keiner kann dir das Gegenteil beweisen. Paul ist voll von unnützem Kram, der sich im Laufe des Lebens ansammelt, und meist schafft er es, mit einer netten Anekdote zu beeindrucken. Ich wundere mich schon gar nicht mehr darüber, dass er auch weiß, was schwangere Frauen essen dürfen und was nicht, und so sage ich bloß: »Ich habe noch nie rohes Fleisch gegessen.«

»Señora, Sie müssen aufessen. Sonst müssen Sie nie wiederkommen.« Der lustige Kellner beugt sich über mich und stemmt beide Arme in die Hüften.

»So eine schöne Señora und so ein böser Blick. Mehr essen, *guapita,* und alles wird gut.« Wie meine Oma. Oma dachte auch, dass alles Böse dieser Welt mit einer heißen Hühnersuppe zu besiegen ist. Das mag funktionieren, wenn du ein aufgeschlagenes Knie hast, aber heute bringt mir das nichts. Ich zwinge mich zu einem Lächeln, und der lustige Kellner hebt Pauls Glas mit einer charmanten Verbeugung. Mein Lächeln bekommt etwas mehr Ehrlichkeit. Der lustige Kellner lacht und dreht ab.

»Oh Gott.« Paul dreht seinen Kopf zur Seite. Zu spät.

Eine blonde Frau Anfang vierzig steuert auf uns zu. Sie ist locker über 1,80 Meter groß und sehr schlank. Trotz ihrer Größe trägt sie beachtliche High Heels und tritt so selbstbewusst auf, dass sie ganz und gar nicht wie eine Frau wirkt, die auf einen wie Paul hereinfällt. Sie mustert mich mit einem unfreundlichen Blick und richtet das Wort direkt an ihn: »Paulus, ich dachte, du bist in Indien auf Forschungsreise.«

Paulus! Ich bekomme Schnappatmung.

»Ich bin gestern zurückgekommen. Das Projekt wurde verschoben, nächste Woche geht es weiter. Aber dann muss ich erst mal nur nach München«, antwortet Paul, ohne rot zu werden.

»Du rufst an, wenn du wieder in der Stadt bist, nicht wahr?«

»Wenn es die Zeit zulässt, Schöne, dann auf jeden Fall.«

Die Blonde lacht und steigt elegant die Treppen nach oben. Kein Tschüss, aber es gab ja auch kein Hallo.

»Pfff, *Schöne*«, pruste ich. »›Teuerste‹, das hätte auch gepasst, Paulus.«

»Komm schon, Charlie. Sie ist Yoga-Trainerin, das war mir jede Geschichte wert. Außerdem ist sie über vierzig, ich habe fast zwei Wochen gebraucht, um sie rumzukriegen. Aber es hat sich gelohnt.«

»Erzähl!«

»Sie heißt Claudia und arbeitet im Vauban, kennengelernt haben wir uns im Alnatura, ich habe ihr beim Kofferraumeinpacken geholfen. Sie ist verheiratet mit irgendeinem Hans oder Franz oder so. Sie hatte einen Kindersitz auf dem Rücksitz und hat trotzdem so getan, als sei sie für alles bereit und völlig ungebunden. Ich habe sie zum Kaffee eingeladen und ihr erzählt, dass ich nach Indien muss und mich ganz besonders auf diese Forschungsreise freue, da ich seit Jahren Yoga trainiere und schon immer mal nach Indien wollte. Ich hatte in ihrem Kofferraum eine Yogamatte gesehen und improvisiert. Charlie, eine Yogalehrerin!«

Ich nicke und weiß, was er meint, ohne dass ers sagt. Selbst der Kerl am Nebentisch weiß, was Paul meint.

»Lotta!«

Jemand drückt mir einen Kuss auf den Nacken.

»René!«

»Oh, und Paul. Hallo ihr zwei.«

René sitzt schon am Tisch, bevor wir antworten können. Wir arbeiten zusammen, er ist für die Öffentlichkeitsarbeit des Museums zuständig und im Grunde ein netter Kerl, dem jedoch jedes Feingefühl fehlt. René ist groß und muskulös, er hat kurzgeschorene braune Haare, trägt Sneakers, Jeans und einen süßen Dreitagebart.

Er ist spitze in seinem Job und eine Katastrophe in zwischenmenschlichen Beziehungen. René ist einer von denen, die nie wissen, was man wann sagen kann und was man lieber für sich behält. Das trifft zumindest auf sein Privatleben zu. Beruflich wickelt er jeden Pressesprecher und jeden Redakteur um den Finger.

René ist schwul und nie um eine Geschichte verlegen. Es kommt vor, dass er mir morgens um neun Uhr die Hammer-Story von vier geilen Kerlen auf dem Balkon erzählt, die bis morgens um vier so laut gefickt haben, dass die Nachbarn die Polizei riefen. Ich bin nicht prüde, beileibe nicht, aber vor meinem ersten Kaffee kann ich Renés Geschichten oft nur schwer ertragen. Er spricht von »prallen Riesenschwänzen«, die dich »mal so richtig rannehmen«, von Sex mit Fremden auf zwielichtigen Parkplätzen mitten im Wald, von Sperma-Orgien und Blowjobs, dass dir übel wird. Trotz all dem Getue weiß ich, dass René von der einen großen Liebe träumt, die dich bis ins Innerste erschüttert. Und so ist er unermüdlich auf der Jagd. Aber er hat ein für einen schwulen Mann relativ gewichtiges Problem: Er steht auf Heten. Ihn machen Jungs an, die noch nicht mal für viel Geld einen anderen Mann küssen, geschweige denn vögeln, würden. So ist es immer mit ihm: René macht es sich mit dem Leben grundsätzlich schwerer, als es sein müsste.

Seit seiner ersten Begegnung mit Paul ist er auch von ihm hin und weg. Er lässt keine Gelegenheit aus, über Pauls Brust zu streichen, ihn in den Arm zu knuffen oder mit liebevollen Küsschen zu verabschieden. Paul nimmt das zu meiner Überraschung gelassen, er hat zwar keinerlei bisexuelle Anwandlungen, aber er kommt mit Körperlichkeiten prinzipiell gut klar.

René ist auch nicht der typische schwule beste Freund, den sich so viele Frauen wünschen, so funktioniert er nicht. Ich glaube, dass Frauen schwule Freunde gern haben, weil sie in ihnen ein Accessoire sehen. Spätestens seit *Sex and the City* ist es schick, einen »gay best friend« zu haben, der dich in Modefragen berät und mit dir bis zum Umfallen Schuhe shoppen geht; jemanden, mit dem du dich auf Männerjagd begeben kannst, ohne dass ihr euch dabei in die Quere kommt, und der sich alle deine Probleme mit dem Männervolk nicht nur anhört, sondern sie auch versteht, weil er sie von beiden Seiten kennt. Frauen mögen schwule Männer, weil keinerlei Gefahr von ihnen ausgeht, sie machen dir Komplimente, sie werden sich nie in dich verlieben und du kannst mit ihnen knutschen, sogar mit Zunge, ohne dass sie dich ins Bett ziehen werden.

René ist nicht so. Er macht keine Komplimente, sondern sagt dir ins Gesicht: »Scheiße, haste gesoffen? Du siehst heute echt verlebt aus«, und wenn er dich küsst, dann nur um zu sagen: »Äh, ihr Frauen seid viel zu weich.« Und Shoppen mit ihm ist eine Katastrophe – außer du kaufst Kram für ihn. Nichtsdestotrotz mag ich ihn, er ist ein Kumpel, keine Louis-Vuitton-Handtasche. Er weiß, dass ich mich mit ihm nicht schmücke, und ich weiß, dass es mit ihm nicht immer nett, aber immer lustig ist.

René legt eine Hand auf Pauls Knie und schaut dabei mich an. »Lottaschnucki, alles klar?«

»Hmm, geht schon, Schatz. Und bei dir?«

»Ich treffe mich gleich noch mit dem Mannheimer ausm Chat.«

»Hier?«

»Ja. Mal sehen, was das wird, auf den Fotos sah er ziemlich geil aus. Aber ich will heute gar nicht ficken.«

»Nicht?«, fragt Paul.

»Nicht unbedingt, das war ganz schön viel diese Woche. Und ich glaube, der Mannheimer ist sowieso eher schüchtern.«

René treibt sich in diversen Schwulenchats rum und trifft die Jungs regelmäßig für Dates, meist ist klar, worum es geht, aber nicht immer. Ich habe noch nie kapiert, wann es ein *booty call* und wann es ein Rendezvous ist. Schwule Männer haben es absolut nicht einfacher als heterosexuelle Pärchen. Sicher, der ganze Sex und das Drumherum sind wesentlich unkomplizierter, wenn keine Frau involviert ist. Man trifft sich mit Wildfremden auf Autobahnparkplätzen, in Darkrooms oder auf einschlägigen Partys und vögelt, was gefällt. Keine wochen- oder tagelangen Anbandelungsversuche, sondern einfach nur Sex. Wie in einem Porno: Das Ungewöhnliche an den Hardcorefilmchen ist schließlich weder die Standfestigkeit der Männer noch die Willigkeit der Damen, sondern schlicht die Verfügbarkeit von Sex. Hallo, ja, danke, bitte, rein, raus, fertig. Aber alles andere, was mit Beziehungen, mit Gefühlen und Zwischenmenschlichkeit zu tun hat, ist in schwulen Kreisen natürlich genauso kompliziert wie überall anders auch.

»Was ist eigentlich mit deiner letzten Eroberung? Wie hieß er noch? Martin?«, frage ich.

»Der hat sich immer noch nicht gemeldet«, nuschelt René kleinlaut. »Zuerst dachte ich, er hält sich an die Zwei-Tage-Regel, aber nun ist schon fast eine Woche rum.«

»Zwei Tage?« Paul und ich wundern uns gleichzeitig. »Es sind doch drei Tage«, erkläre ich.

»Wie?«, René ist ehrlich erstaunt. »Wer sich schneller meldet, wirkt übereifrig, wer länger wartet, hat kein Interesse. Die Zwei-Tage-Regel.«

Ich runzele die Stirn: »Ich kenne das als Drei-Tage-Regel.« Paul bestätigt nickend.

»Ihr Heten, keine Ahnung vom Dating!«, lacht René.

Ich zucke die Schultern. Zwei Tage, drei Tage, ich hasse diese Spielchen ohnehin. Wer drei Tage wartet, nur um interessant zu wirken, ist aller Wahrscheinlichkeit nach ein Spinner und Wichtigtuer. Erst letztes Jahr an Silvester hat sich diese Theorie bestätigt.

Lotte und Adrian

31. Dezember im letzten Jahr

Es ist fünf vor zwölf. Noch fünf Minuten. Ich stehe mit Bea, Paul, Steffi und Tim im Karma, einem Freiburger Kellerclub. Er ist laut, voll und es ist unglaublich heiß. Wir halten Champagner in den Händen und warten auf Mitternacht. Die Musik wummert.

Eigentlich mag ich das Karma nicht, aber heute gibts ne Silvestersause, die sich gewaschen hat. Bekannte von Paul schmeißen eine Privatparty mit Frei-Champagner und teurem DJ aus Berlin. Der ganze Raum ist mit silberfarbenen Luftballons, Glitzerluftschlangen und Flitter dekoriert und die Stimmung kocht seit Stunden. Ich trage ein rotes Kleid, das Glück fürs neue Jahr bringen soll – laut Bea zählt das allerdings nicht, dafür muss schon die Unterwäsche rot sein. Wäre sie auch, hätte ich welche an.

Zum ersten Mal seit Jahren habe ich an Silvester kein Date und weiß nicht, wen ich um Mitternacht küssen soll. Steffi und Tim stehen engumschlungen neben mir, Bea hat Rocko mitgebracht, der in Wirklichkeit Karsten heißt, bis unter die Achseln tätowiert ist, ihr aber jeden Wunsch von den Augen abliest. Und Paul hat bereits in der Eingangsschlange ein Mädchen aufgerissen. Karla heißt sie, hat witzige kurze

Locken und ein verschmitztes Lächeln. Und da stehen wir also und zählen den Countdown runter.

Zehn, neun, ich nehme noch einen Schluck prickelnden Champagner, acht, sieben, die Paare um mich herum formieren sich enger aneinander, sechs, fünf, plötzlich spüre ich eine Hand um meine Taille, vier, drei, ein süßer Kerl, schätzungsweise Ende zwanzig, zieht mich an sich, zwei, er nimmt mein Gesicht in beide Hände, eins, und küsst mich mitten auf meine überraschten Lippen. Frohes neues Jahr. Flitter regnet von der Decke und der DJ spielt ein Lied von Prince.

Ich schaue den Kerl in meinen Armen an und sage: »Huch. Dir auch ein Frohes neues Jahr!«

Er sprudelt los: »Entschuldige, aber ich bin zum ersten Mal seit zehn Jahren Single an Silvester und wollte um Mitternacht nicht der einzige Ungeküsste sein. Du bist mir schon vor Stunden aufgefallen und jetzt habe ich mich einfach getraut, ich hoffe, das ist okay für dich. Warte eine Sekunde.« Er verschwindet und kommt mit einem Tablett voller Champagnergläser zurück, die er unter meinen Freunden verteilt.

Ich bin immer noch etwas baff, aber mir gefällt das. »Ich heiße übrigens Charlotte.«

»Hallo Lotte, ich bin Adrian.« Er stößt mit mir an und zwinkert mir zu. Ich weiß noch nicht, was ich von ihm halten soll, aber er wirkt recht sympathisch, und im Grunde mag ich seine offene Art.

Adrian ist Banker aus Zürich und hat seine Freunde im Getümmel verloren. Er trägt eine Ray-Ban-Brille und eine sündhaft teure Uhr. Er spricht mit süßem schweizerdeutschen Akzent. Wie ich erfahre, hat er die letzten Jahre in London gelebt und ist seit Kurzem zurück in der Schweiz. Wir tanzen bis in die Morgenstunden und als meine Freunde nach Hause gehen wollen, lädt er mich auf eine Party seiner Freunde im Bahnhofsviertel ein. Die Afterhour-Party findet in einem alten Fachwerkhaus statt und ist selbst um sieben Uhr morgens noch gut besucht. Wir teilen uns Gin Tonics und ich komme gar nicht zum Bezahlen. Adrian besteht darauf, jedes Getränk, jedes Wasser und sogar die Zigaretten zu bezahlen, obwohl er selbst nicht raucht. Durch das Oberlicht dringen die ersten Sonnenstrahlen, wir stehen auf der Tanzfläche und knutschen wie die Teenies. Er wirkt überraschend schüchtern für jemanden, der einfach eine fremde Frau küsst, um nicht allein zu sein, und ich lege mich ganz schön ins Zeug. Es ist eine verrückte Nacht, das Haus, in dem die Party steigt, wirkt, als würde es morgen früh abgerissen werden müssen, die Musik ist laut, der Parkettboden ächzt unter den vielen Leuten. Und jeder Kuss mit Adrian fühlt sich an, als wäre er der erste.

Dieser Moment kurz bevor man sich zum ersten Mal küsst, der Augenblick, in dem die Lippen ihren Weg suchen, der Kopf sich schon neigt und du weißt, was passieren wird, hatte schon immer etwas Magisches an sich für mich. Manchmal ist er sogar spannender als der Kuss selbst. Aber normalerweise wird dieser Moment spätestens nach dem dritten Kuss unspektakulärer, man hat sich ja nun schon geküsst und weiß, was kommt. Spielchen sind dann nicht mehr nötig, man küsst sich selbstverständlicher und kann dem anderen auch einfach mal einen Schmatzer aufdrücken. Vom magischen Küssenwollen zum Knutschen ohne Denken geht es normalerweise in wenigen Minuten. Nicht so mit Adrian. Jeder Kuss bedeutet noch einmal von vorn anzufangen. Mit In-die-Augen-Schauen, Kopf-schief-Legen und allem, was dazugehört. Es irritiert mich, aber ich weiß nicht, woran es liegt.

Als es elf Uhr morgens wird, verlassen wir die Party und nehmen ein Taxi zu mir. Er bezahlt den Fahrer, steigt aus und will sich verabschieden.

»Kommst du noch mit hoch?«, frage ich.

»Du bist eine fabelhafte Frau, Lotte, aber ich will das nicht ruinieren. Ich melde mich«, sagt er und verschwindet – ohne Abschiedskuss. Ich bin verwirrt. Fabelhafte Frau? Das will er nicht ruinieren? Was für ein Quatsch! Ich zucke mit den Schultern, stiefele hoch in meine Wohnung, ziehe mich aus und schlafe augenblicklich ein.

Als ich am nächsten Tag gegen 15 Uhr erwache, geht es mir erstaunlich gut nach nur vier Stunden Schlaf und einer langen Nacht mit unzähligen Drinks. Ich verbringe Neujahr damit, meine Wohnung zu putzen, und erwische mich immer wieder dabei, dass ich an Adrian denke. Abends treffe ich mich mit Bea und erzähle ihr von meiner neuen Bekanntschaft.

Sie wird hellhörig. »Was? Er will das nicht ruinieren? Das verstehe ich nicht. Hat er dir irgendwelche Komplimente gemacht?«

Ich überlege. »Er hat gesagt, ich hätte die schönste Nase, die er je gesehen hat, und wunderschöne Finger.«

»Nase? Finger? Was ist das denn für ein Freak?«

»Na ja, besser als die ewige Leier mit den tollen Augen.«

»Ja, aber der Scheiß-Punkt ist: Das weiß er sicher. Weißt du, es gibt Jungs, die mit Absicht Komplimente machen, von denen sie annehmen, dass du sie noch nie bekommen hast. Was ich alles schon für Bullshit gehört habe: von perfekt geformten Schlüsselbeinen über zarte Waden und zu schön geschwungenen Augenbrauen. Ich sag dir, das ist ne Masche.«

»Ich weiß nicht, ich fand den schon ganz gut.«

»Hast du seine Nummer?«

»Nö, aber er hat meine und er hat gesagt, er meldet sich.«

»Wir werden sehen.«

Und wir sahen erst mal: nichts. Am 3. Januar schließlich gegen acht Uhr abends piepte mein Handy. Adrian!

»Hallo Lotte, es war wirklich ein wunderschöner Abend mit dir, den ich gerne wiederholen würde. Freue mich von dir zu hören. Lieben Gruß, Adrian.«

Hmm, das hört sich doch gut an. Ich antworte: *»Das finde ich auch. Gegen eine Wiederholung hätte ich nichts. Was schlägst du vor?«*

Und dann kommt wieder erst mal: nichts. Tagelang. Ich gehe schier die Wände hoch. Wer macht denn so was? Wer schreibt denn eine SMS nach drei Tagen, schlägt ein Date vor und lässt dann wieder nichts von sich hören?

Bea lacht, als ich ihr am Telefon davon erzähle: »Ich habs dir doch gesagt, ne verdammte Masche ist das, wahrscheinlich wollte er nur hören, dass du interessiert bist.«

»Bea, sei doch nicht immer so negativ, das wird schon. Außerdem will ich ihn ja auch nicht heiraten, sondern ihn einfach nur noch mal treffen!«

Geschlagene zwei Tage später kommt erneut ein Text: *»Hallo Lotte, wie geht es dir, was hast du morgen vor? Lieben Gruß, Adrian.«*

»Morgen bin ich mit einem Kumpel verabredet. Gruß, L.« Was du kannst, Freundchen, kann ich auch.

Und siehe da, nur zwei Minuten später piept das Handy erneut: »*Wie schade. Dann viel Spaß und bis bald.*«

Aah! Ich werde noch wahnsinnig, außerdem überschreitet er gerade die Grenze zwischen »sich interessant machen« und »mir tierisch auf die Nerven gehen«.

Erst am 10. Januar, als ich ihn schon abgehakt hatte, meldet er sich wieder: »*Hallo Lotte, musste gerade an dich denken. Sitze wegen Schneesturm am Frankfurter Flughafen fest. Wie geht es dir denn? Lieben Gruß, Adrian.*«

»*Alles im grünen Bereich bei mir, Schnee liegt hier auch. Liebe Grüße, L.*«

»*Haben schon vier Stunden Verspätung, ich hoffe, wir fliegen heute noch. Muss zurück nach Zürich, die Geschäfte warten.*«

Pff, die Geschäfte warten, langsam läuten meine Alarmglocken – aber diesmal schrillen sie nicht, weil dieser Mann nicht gut für mich ist, sondern weil er offensichtlich gar nicht zu mir passt. »*Dann wünsche ich dir einen guten Heimflug und man sieht sich.*«

»*Bin nächste Woche in Freiburg, vielleicht auf ein Dinner? Was meinst?*«

»*Gerne, meld dich einfach.*«

Verdammt! »Meld dich einfach« – das sagt man doch nicht zu einem Kerl, der sich nur anfallsartig meldet. Ich lerns nie. SMS sind vom Teufel gemacht. 160 Zeichen gedruckter Blödsinn, die nach einem kurzen Klick nicht mehr zurückzuholen sind.

Gott, was bin ich froh, dass es die Dinger nicht gab, als ich in der Pubertät war. »*Hallo Kai, ich find dich toll, das wollte ich dir schon lange sagen, auch wenn du mich immer schubst. Kussi.*« Fürchterlich.

Aber auch als erwachsene Frau haben die bösen Texte eine Durchschlagkraft, die man bändigen muss. Ich habe vor Jahren aufgehört, zum Handy zu greifen, wenn ich betrunken bin, nie wieder wird ein besoffen-melancholischer Text (*»sie spielne unser lied, schadedass du nicht da sein kanns.Mancmal n#nlich fehlst du schon«*) einen meiner Exfreunde erreichen. Das war einer meiner besten Vorsätze überhaupt. Manchmal sollte ich mich an meine eigenen Vorsätze allerdings auch dann halten, wenn es um seltsame Männer geht.

Aber: Adrian meldet sich tatsächlich. Wie versprochen, schon am Montag in der folgenden Woche. Wir treffen uns im Hemingway's. Das Hemingway's! Ich hätte es wissen müssen. Das ist einer dieser fancy-schicken Cocktailschuppen im Keller eines Fünf-Sterne-Hotels. Man sitzt zwischen Wasserspielen und Backsteinwänden im hohen Gewölbekeller und süffelt 12-Euro-Caipis und 18-Euro-Cuba-Libre.

Aber es wird wirklich ein lustiger Abend. Adrian ist, weltmännisches Gehabe hin oder her, ein wirklich netter Kerl. Jemand, der augenblicklich gute Laune versprüht und in der Lage ist, die Menschen um sich herum damit anzustecken. Er lacht viel, er hört interessiert zu, stellt an den richtigen Stellen die richtigen Fragen und wirkt, als sei er mit der Welt im Allgemeinen und mit sich selbst im Besonderen im Reinen. Ich überlege jedoch die ganze Zeit fieberhaft, wie ich dieses Date hier einordnen kann. Er hat mich, wie es sich in Freiburg und der Schweiz gehört, mit drei Küsschen begrüßt und mich seither nicht mehr angefasst. Er flirtet auch nicht, sondern führt ein neutrales Gespräch, ebenso gut könnte er mit einem Kumpel hier sitzen. Doch manchmal packt es ihn, dann legt er eine Hand auf mein Knie und lacht laut auf. Im nächsten

Moment erzählt er mir wieder irgendwelchen Business-Kram oder, noch schlimmer, er spricht von irgendwelchen Mädels. Normalerweise weiß ich sehr gut, wie ich die Jungs zu nehmen habe, ich spüre, was sie von mir wollen, und kann selbst entscheiden, was ich ihnen zu geben bereit bin und was nicht. Bei Adrian bin ich allerdings völlig aufgeschmissen. Ich werde einfach nicht schlau aus ihm, ich weiß nicht, ob er an mir interessiert ist oder ob er einfach nur ein mehr oder weniger bekanntes Gesicht treffen wollte, wenn er schon mal in Freiburg ist – so wie er mich einfach geküsst hat, um überhaupt jemanden an Silvester zu küssen.

Es ist kurz nach 23 Uhr, als er mich in seinem Jaguar X-Type nach Hause fährt. Er schaltet den Motor vor der Tür aus, gibt mir einen Kuss auf die Wange und sagt: »Das müssen wir unbedingt wiederholen.«

Da er sonst keine Anstalten macht, steige ich aus, lasse ihn fahren und bin verwirrter als zuvor. Diesmal hat er wenigstens nichts von Fabelhaftigkeit gesagt, die er nicht ruinieren will, aber weniger ratlos als an Neujahr bin ich jetzt auch nicht.

Bea kann mir nicht helfen. »Lotta, ich weiß nicht, was das für ein Kerl ist, da werde selbst ich nicht schlau draus. Also: Es geht nicht ums Ficken, das hätte er ja schon Silvester haben können, und für was Ernstes stellt er sich ganz schön dumm an, oder? Aber was willst *du* überhaupt?«

»Keine Ahnung. Er gefällt mir schon, ich könnte mir durchaus mehr vorstellen, dafür müssten wir uns aber erst mal ein bisschen besser kennenlernen. Aber diese Spielchen treiben mich in den Wahnsinn. Wollen wir wetten, dass er sich wieder erst nach diesen verdammten drei Tagen meldet?«

Und so ist es auch, nach exakt drei Tagen kommt die erste SMS: »*Hallo Lotte, es war wirklich schön mit dir. Bin heute Abend in der Stadt und mit Kumpels im Kagan. Möchtest du mitkommen? Sind ab 21 Uhr da. Lieben Gruß, Adrian.*«

Das ist zwar mal eine eindeutige Ansage, aber das Kagan ist sogar schlimmer als das Karma und Hemingway's zusammen. Das Kagan ist ein Yuppie-Club im vierzehnten Stockwerk eines der höchsten Gebäude in Freiburg. Der Blick aus dem 360-Grad-verglasten Raum ist unbezahlbar, das Publikum dafür aber meist unerträglich.

Dennoch ist Bea sofort dabei, als ich sie bitte, mich zu begleiten. Wir tragen beide ein schwarzes Kleid, ihres ist fast knielang und mit Chiffon-Rüschen versehen, die den Blick auf ihre Hüfte freigeben; meines ist mit einer Schleife im Nacken gebunden, ansonsten schulterfrei und wenn man ganz nah dran geht, kann man sehen, dass das schicke Pünktchenmuster in Wirklichkeit aus kleinen Totenköpfen besteht. Es ist kurz vor 22 Uhr und wir steuern das Kagan an.

»Und, scheiße noch mal, du bist also wirklich an diesem Kerl interessiert, Lotta?«

»Ich weiß noch nicht, ich finde ihn jedenfalls nicht doof. Außerdem haben wir ja auch schon geknutscht und das war wirklich super.« Mir läuft ernsthaft ein kleiner Schauer den Rücken hinunter. Man kann über Adrian sagen, was man will, aber ein guter Küsser ist er auf jeden Fall. Ich küsse wahnsinnig gern, ich könnte es den ganzen Tag tun. Ich habe schon als 13-Jährige bei meinem allerersten Kuss großes Gefallen daran gefunden und das hat sich bis heute nicht geändert. Ich kann beileibe nicht mehr zählen, wie viele Jungs ich im Laufe meines Lebens geküsst habe, von vielen kenne ich noch nicht mal mehr den Vornamen, aber Küssen ist etwas, das mir immer Spaß macht. Es ist bislang nur sehr selten passiert, dass ich irgendwen küsse und mir nach wenigen Minuten die Lust vergeht. Auf jeden Fall nicht bei Adrian, den könnte ich den ganzen Abend knutschen.

Und außerdem: Manchmal ist eine Geschichte einfach noch nicht vorbei. So wie diese hier, sie braucht ein Ende – egal, was für eines. Eine solche Geschichte kommt normalerweise auf meine imaginäre Liste: Dort sind erstens die Jungs, die ich unbedingt im Leben wenigstens einmal haben muss, und zweitens die Jungs, bei denen es trotz meiner Vorliebe für einmalige Kisten noch nicht vorbei ist und zumindest ein weiteres Abenteuer folgen sollte. Es ist meine Liste der unvollständigen Lovestorys. Und die mit Adrian gehört da auf jeden Fall hin.

Es ist ungewöhnlich hell im Kagan, als wir den Aufzug verlassen, der uns in den 14. Stock gebracht hat. Wir schauen uns unschlüssig um und suchen erst mal die Bar auf. Die ersten sabbernden Jungs hängen bereits an Bea, die sie jedoch wissentlich ignoriert. Ich spüre eine Hand auf meinem Hintern. Ich schubse sie instinktiv weg und zische dem dazugehörigen Kerl ein »Verschwinde« zu. Wir bestellen zwei Gin Tonic für insgesamt 22 Euro und ich entdecke Adrian in einer Traube Jungs am anderen Ende des Tresens. Alle tragen teure Designerkleidung und einer hat tatsächlich einen rosafarbenen Ralph-Lauren-Pullover um die Schultern gelegt.

»Da ist er«, sage ich zu Bea und nicke mit dem Kopf in seine Richtung.

»Herrje, Scheiße. Spießeralarm. Let's play.« Sie nimmt ihren Drink und dirigiert mich zielstrebig zu den Jungs.

»Hi.« Beas Augen glitzern.

Ich lege einen Arm auf Beas Schulter und sage: »Hallo Adrian, hallo Rest, das ist meine Freundin Bea.«

»Lotte, schön, dass ihr hier seid.« Adrian erhebt sich, drückt mir drei Küsschen auf die Wangen, begrüßt Bea ebenfalls und fragt über die Schulter gewandt, als er sich zum Barkeeper dreht: »Gin?«

»Haben wir schon«, sage ich.

»Macht nichts«, sagt er und ordert eine ganze Flasche. Er zieht mehrere Hunderter aus der Tasche sowie einen ganzen Haufen bunter Schweizer Franken und beginnt sie umständlich zu zählen.

»Oje«, Bea verdreht die Augen.

»Lotte, Bea. Wie ist denn dein richtiger Name?«, fragt Adrian, nachdem er dem Barkeeper einen Schein in die Hand gedrückt hat.

»Beatrix, aber so nennt mich niemand.«

»Okay, also, Lotte und Bea. Das sind Maximilian, Alexander, Christian, Christoph und Johannes.« Er deutet auf seine Begleiter, jeder Angesprochene nickt kurz und lächelt uns freundlich an. Dennoch verstärkt sich mein Gefühl, dass wir hier am falschen Ort gelandet sind. Solche Männer brauchen andere Frauen. Denen sind bestimmt brave Mädchen lieber, die Prosecco trinken, Stiefelchen tragen, um kurz nach Mitternacht nach Hause zu gehen und in Sektlaune ihren Freunden einmal im Jahr zaghaft einen zu blasen, aber nur, weil sie wissen, dass die Jungs das »irgendwie« mögen. Wir hingegen sind Schnapstrinkerinnen, wir tragen Boots und Chucks, wir sagen, ohne mit der Wimper zu zucken, Dinge wie »Süßer, wenn wir heute noch ficken wollen, müssen wir aber bald nach Hause«. Und wenn wir jemandem einen blasen, dann tun wir das nicht nur, weil Männer das mögen, sondern weil es ganz schön heiß ist, die Kontrolle über den anderen zu haben, der dir buchstäblich vor deinen Augen dahinschmilzt.

Ich beobachte Adrian, wie er an der Bar lehnt, sein Glas in der Hand hält und mich mit freundlichen Augen anlächelt. Er schlängelt sich zwischen den anderen hindurch und sucht das Gespräch mit mir.

»Lottaschatz, heute Abend gelten die Regeln nicht«, wispert Bea und wendet sich Maximilian zu, der sein Glück kaum fassen kann. Dieser Satz heißt in Beas Welt: Lass uns heute Abend mal flachlegen, was kommt. Ich lache ihr zu und zwinkere scherzhaft.

Adrian erzählt von einer seiner Geschäftsreisen und legt dabei einen Arm um mich. Ich lehne mich zurück und genieße den Körperkontakt. Die Jungs achten penibel darauf, dass unsere Gläser niemals leer sind, und eigentlich fühle ich mich recht wohl.

»Hui, das ist ja wild«, sagt Adrian plötzlich und deutet auf Bea und Maximilian. Die beiden stehen mittlerweile knutschend an der Theke, und die anderen Jungs werden ein wenig blass vor Neid.

Ich habe Bea schon tausendmal mit irgendwem knutschen sehen und bin kaum überrascht. Adrian ist hingegen so befangen, dass er anfängt, etwas zu stottern. Irgendwie süß. Irgendwie auch nicht.

Bea löst sich von Maximilian. »Lotta, gehen wir eine rauchen?«

»Unbedingt. Adrian, ich bin gleich wieder da.«

Wir bahnen uns den Weg Richtung Raucherraum. Ich stecke mir eine Lucky Strike an, puste Rauch aus und sage: »Und, wie läufts?«

Bea zieht an ihrer Marlboro Light und lächelt versonnen. »Ach, ich weiß nicht, der war noch der erträglichste, außerdem ist er verdammt hübsch, fast wie gemalt.«

»Ist dir so langweilig?«, scherze ich.

»Haha, nein, ich bin einfach nur untervögelt im Moment.«

»Echt? Was war denn mit dem Kerl letzte Woche?«

»Richard? Der war nichts. Ein Kraftprotz mit einem Körper zum Niederknien, aber so einfallsreich im Bett wie ein benutztes Taschentuch. Außerdem hat er nicht geschmeckt. Du weißt schon. Weder seine Haut und sein Ding schon mal gar nicht. Da wurde mir richtig übel.«

»Das ist ja abtörnend.«

»Das kann man wohl sagen, ja«, lacht Bea. »Und wie siehts aus mit Adrian? Hübsch ist er ja schon, aber ist er dir nicht ein wenig zu langweilig?«

»Er passt irgendwie nicht zu mir, das weiß ich schon, aber er hats mir trotzdem angetan. Ich gebe ihm eine Chance. Vielleicht ist er nicht so spießig, wie er zu sein scheint. Und außerdem ist er ein wahnsinnig guter Küsser.«

Ich weiß, dass ich Bea mit solchen Argumenten mühelos überzeugen kann. In einer Welt, in der Sex und Körperlichkeit nicht Teil der romantischen Liebe, sondern einfach Spaß sind, ist die Tatsache, ein guter Küsser zu sein, die Währung, die zählt.

»Hmmm, na dann, auf ins Gefecht«, lacht Bea erneut. Sie drückt die Kippe aus und wir schlängeln uns zurück zur Theke.

Die Männer stehen immer noch im Halbkreis beisammen, mittlerweile hat sich zur Ginflasche eine offene Champagnerflasche gesellt. Eine ganze Flasche Champagner! Gehts noch? Ich will gar nicht wissen, was das Ding in diesem Laden kostet.

»Hallo, ihr zwei«, Adrian lächelt mich an. Ich sehe, dass er erneut bündelweise Scheine in der Hand hält. Was macht der Mann denn da immer mit seinem Geld? Ich lehne mich an die Bar, greife mein Glas mit dem Rest Gin Tonic und ziehe am Strohhalm.

Plötzlich brüllt er auf: »Scheiße, scheiße, scheiße.« Adrian ist richtig hysterisch, er beugt sich über den Tresen und ruft nach einem Tuch. »Scheiße, mach hin, es ist dringend!«

Verwundert frage ich: »Oh Gott, was ist los? Blutet jemand?«

»Schlimmer«, keucht er, schnappt sich das dargereichte Geschirrtuch und beginnt wie wild an seinen Schuhen zu schrubben. Ich kapiere. Jemand hat ihm im Vorbeigehen Bier auf die Schuhe gekippt. Ich schüttele langsam den Kopf, als könne ich nicht glauben, was ich sehe. Bea fängt meinen entsetzten Blick auf. Das reicht! Ich kann mit Spießertum umgehen, ich kann damit umgehen, wenn jemand sich drei Tage lang nicht meldet, weil man das nun mal so macht, ich komme zur Not auch damit klar, dass jemand stets mit Hunderteuroscheinen vor meinen Augen herumwedelt. Was ich nicht verkraften kann, ist ein Herzinfarkt wegen versiffter Schuhe. In einer Bar! Fast schon erleichtert lehne ich mich wieder zurück und schnappe mir eines der Champagnergläser. Super, damit wäre das hier abgehakt. Selten ist mein Interesse an einem Kerl binnen so weniger Sekunden vollkommen verschwunden.

Es ist besser so, das spüre ich sofort, und plötzlich kann ich ganz unverkrampft mit Adrian reden und mit seinen Freunden schäkern. Es ist verrückt: Souveränität besitzt du vor allem bei den Personen, denen du nichts mehr beweisen willst.

Ich nicke Bea zu und gebe ihr damit mein Okay, mit Maximilian abzudampfen. Untervögelt lassen möchte ich meine Freundin nämlich nicht.

3. März, 21.15 Uhr

René ist im Aufbruch, sein Date ist angekommen. Ein schnuckeliger Kerl, höchstens 21 Jahre alt. Schüchtern begrüßen sie sich und nehmen an einem Tisch in der Ecke Platz.

Paul trinkt sein zweites Glas Wein und ich traue mich an eine Olive.

»Wie fühlst du dich?« Paul schaut mich ehrlich besorgt an.

»Ziemlich mies, mir ist wahnsinnig schlecht. Und ich kann das alles noch gar nicht begreifen. Paul, das ist wie ein Albtraum. Ich bin schwanger und Single und auf der Suche nach dem Vater, von dem ich überhaupt nichts weiß. Ich weiß gar nicht, ob ich das alles schaffen werde. Ich habe überhaupt keine Ahnung von Babys.« Ich muss mich beherrschen, damit sich meine Stimme nicht überschlägt. Ich greife nach der Serviette und putze mir die Nase.

»Das schaffst du schon. Ich bin ja auch noch da. Und Bea und Steffi und Tim. Alle deine Freunde werden dir helfen. Was ist dieser Felix eigentlich für ein Kerl?«

Ich überlege, was ich über ihn sagen kann: »Hübsch ist er, klug und nett. Ich mochte ihn auf den ersten Blick, er hat etwas

Wildes, aber auch etwas Verlässliches. Er hat mich zum Lachen gebracht und es war keine Sekunde langweilig mit ihm. Ich habe mich später sogar geärgert, dass wir keine Nummern getauscht hatten. Aber ich dachte, dann soll das eben so sein.«

»Du immer mit diesem Schicksalsquatsch.«

Paul hält mich für verrückt, weil ich glaube, dass Dinge passieren oder eben nicht passieren, weil das nun mal so sein soll. Ich glaube nicht an Zufälle, ich glaube an Schicksal. Alles, was geschieht, hat durchaus seinen Sinn. Schon seit ich Kind bin, denke ich zum Beispiel, dass sich die Dinge ihre Besitzer suchen und nicht umgekehrt. Und ich bin davon überzeugt, dass alles, was ich erlebt habe – im Guten wie im Schlechten – letztendlich nur dazu gedient hat, mich zu derjenigen zu machen, die ich heute bin. Wer weiß, wenn mich Till in der sechsten Klasse nicht für Melanie sitzen gelassen hätte, wäre ich heute vielleicht längst mit einem netten Kerl verheiratet.

Ich glaube auch nicht, dass ich zufällig schwanger geworden bin – so etwas passiert einfach nicht. Vielleicht wollte mich das Schicksal dazu zwingen, mich endlich mal wieder auf einen Kerl einzulassen. Und vielleicht ist Felix wirklich der Richtige für mich. Zumindest muss ich ihn finden. Es hätte schließlich schlimmer kommen können: Soweit ich weiß, hat er einen guten Job, er sieht gut aus und ist weder auf den Kopf noch auf den Mund gefallen.

»Ich schätze, ich muss dann jetzt mal erwachsen werden und mit dieser Kommst-du-heute-nicht-kommst-du-morgen-Phase in meinem Leben abschließen«, erkläre ich.

»Charlieschatz, die Pubertät ist eine Phase, nicht erwachsen zu werden ist ein Lebensstil«, sagt Paul und es klingt, als würde er es von einer Klowand ablesen.

Ich nippe an meiner Apfelsaftschorle und überlege: Ich genieße mein Leben, ich mag es, dass ich nur für mich selbst da sein muss, deshalb bevorzuge ich auch das Single-Dasein. Mir ist es schon zu viel, wenn ich jemanden anrufen muss, weil ich nach der Arbeit nicht sofort nach Hause komme. Aber vielleicht muss ich umdenken, vielleicht sind 15 Jahre Pubertät einfach genug.

»Aber ich trage nicht mehr nur die Verantwortung für mich selbst. Da ist jetzt jemand anderes in meinem Leben, der für immer von mir abhängig sein wird. Oder zumindest die ersten zehn bis zwanzig Jahre«, sage ich.

»Oh Gott«, nickt Paul.

»Du sagst es. Wie spät ist es?«

»Kurz nach halb zehn.«

»Dann sollten wir langsam in die Cohibar aufbrechen. Marvin ist vielleicht schon da.«

3. März 22 Uhr

Es ist kurz nach 22 Uhr, Paul und ich steuern die Cohibar an. Wir drängeln uns durch die Raucher, die vor der Tür stehen und kalte Luft in den Himmel blasen. Mir wird wieder übel und ich halte die Luft an. Rein da.

Drinnen ist es bumsvoll. Wie immer samstags um diese Uhrzeit. Max, ein Kollege von mir, steht ganz vorn am Zigarettenautomaten und hält mir die Tür auf.

»Lotta, Süße, schön dich zu sehen.«

»Max, danke.«

»Siehst müde aus.« Er wirkt betrunken und riecht nach Fahne. Herrje, habe ich das früher auch schon gerochen oder bekommt man das nur mit, wenn man nüchtern ist? Vielleicht sinds auch die Hormone, wer weiß. Ich schlucke, lächle, lasse mir von ihm einen Kuss auf die Wange drücken und gehe weiter Richtung Tresen. Die Cohibar ist ein kleiner Laden mit riesiger Theke, meist ist es dort heiß und stickig. Die bunten Cocktails werden in riesigen Bechern serviert, Discokugeln glitzern von der Decke, es wird gelacht, getrunken und getanzt.

Paul hat eine Blondine am Eingang entdeckt und legt seinen Schal ab. Ich beobachte aus den Augenwinkeln, wie er mit einer Hand der Kellnerin winkt und mit der anderen den Schal so geschickt auf den kleinen runden Tisch legt, dass sein Unterarm die Hand der Blondine streift. Sie lächelt und Paul zwinkert ihr entschuldigend zu. Er beugt sich über ihre Schulter und sagt etwas in ihr Ohr. Die Blonde wirft ihr Haar in den Nacken und lacht amüsiert. Paul zieht die linke Augenbraue hoch. Fast unmerklich. Oha, leichtes Spiel für ihn. Ich wende mich ab und schaue nach Marvin. Dann taucht Kai, mein Lieblings-Barkeeper, hinterm Tresen auf.

Lotte und Kai

Februar vor drei Jahren

Es ist mitten in der Nacht und saukalt, wir stehen vor der leeren Halle am Freiburger Waldsee und warten auf ein Taxi. Vor fünf Minuten hat mir Kai gesagt, dass er heute allein nach Hause gehen wird: »Ich muss morgen früh raus, tut mir leid, Lotte.«

»Klar, wie du willst«, habe ich gesagt. Und »Verdammt!« gedacht.

Wir waren den ganzen Abend unterwegs. Ich habe ihn beobachtet, wie er am Tresen lehnt, wie er mir Bier bringt und Cuba Libre, wie er den DJ bequatscht, die Musik zu ändern. Ich habe auch gesehen, wie ihn die anderen Mädchen ansehen – das entgeht mir nie. Groß ist er und Schultern hat er, die es jedes Mal schaffen, auch nur den Anflug von Vernunft total zunichtezumachen. Dann noch kurzrasierte Haare und ein Kreuz, das wie von Gott gegossen mir immer ein »Hach!« entlockt. Vor allem, wenn er nackt ist.

Geküsst haben wir uns den ganzen Abend nicht. Das machen wir nie in der Öffentlichkeit. Was zwischen uns läuft, läuft immer, wenn wir allein sind.

Verdammt, Lotta, was treibst du hier schon wieder? Den ganzen Abend mit Kai verbracht, dem alten Kokser, der nichts richtig kann. Außer Ficken. Immerhin. Und dann erteilt er dir auch noch ne Abfuhr. Hier draußen, bei Eiseskälte, morgens um fünf. Doch ich sage all das nicht. Ich sage: »Manchmal ist mein Leben ein verfickter Pornofilm.«

»Was?« Kai reißt die Augen auf. Ich hatte den Satz nur so vor mich hingesagt. Ich habe gar nicht mitbekommen, dass er mich hört. Er dreht sich zu mir um, fliegt fast und erdrückt mich beinahe. Seine Lippen auf meinen, und ich weiß gar nicht, was eben passiert ist.

Das hat offensichtlich einen Schalter umgelegt. So stürmisch hat er mich noch nie geküsst. Doof mit den dicken Jacken, ich spüre ihn kaum.

Das Taxi kommt, wir steigen ein. Als wir vor meinem Haus halten, will ich ihm Geld in die Hand drücken, doch er steht schon auf der Straße und bezahlt den Fahrer.

»Ich dachte, du willst nach Hause?«

»Ich kann nicht. Du machst mich fertig. Dieser Satz ... ich komme mit zu dir.«

»Nun gut«, sage ich und schließe die Tür auf.

Kai war noch nie bei mir. Wir sind immer bei ihm. In meinem Zimmer legt er die Jacke ab und greift nach mir. Dass dieser Typ aber auch so umwerfend aussieht. Dieser Körper und die Cuba Libre verfehlen ihre Wirkung nie. Er küsst mich und zieht mit erfahrenen Handgriffen mein Kleid, meine Bluse und den BH beinahe auf einmal aus. Ich öffne seine Hose, während er sein T-Shirt über den Kopf reißt und durchs Zimmer wirft.

Das Beste an Kai: Er küsst wahnsinnig gern. Ich befürchte, das liegt daran, dass weder Fetischpartys noch Bordelle auf seiner Liste fehlen. Dort wird nicht geküsst, dort wird gevögelt. Daher holt er die ganze Knutscherei nach, wenn er mit mir zusammen ist.

Ansonsten gibts in seinem Leben keine Zärtlichkeiten, nur harten Sex. Kai sagt, er sei süchtig nach Sex. Ich denke, er ist süchtig nach allem, was Spaß macht: Drogen, Partys, Frauen, Titten, Sex, Sport. Mehr, mehr, mehr. Daher will ich auch mein Leben nicht mit ihm teilen, nur ab und an das Bett.

Innerhalb weniger Sekunden sind wir beide nackt, wir stehen am Fenster. Ich ziehe die Vorhänge zu, das einzige Licht, das jetzt noch scheint, kommt von der Kugelleuchte neben meinem Bett. Kai hat diese sehnigen Muskeln, die seinen flachen Bauch mit den Leisten verbinden und immer aus den Boxershorts lugen. Ich gehe in die Knie, um sie zu küssen, er wirft den Kopf in den Nacken. Sekunden später reißt er mich hoch und bugsiert mich aufs Bett. Es ist nur eine halbe Drehung vom Fenster entfernt, und wir fallen fest umschlungen in die Kissen. Er ist über mir, ganz nah, und atmet schwer. Er riecht, wie es kurz nach einem Gewitter riecht. Frisch und männlich, aber mit der Ahnung, dass eben etwas passiert ist. Ich will diesen Kerl, und zwar ganz und jetzt sofort!

Mein linker Arm schlingt sich um seinen Nacken und während ich ihn küsse, befreie ich meine rechte Schulter aus seinem engen Griff und fingere an der Nachttischschublade nach Kondomen. Ich reiße die Packung mit den Zähnen auf und reiche sie ihm. Er richtet sich auf, es macht dieses typische Gummiknatschgeräusch, das »los gehts« bedeutet.

Ich kanns kaum erwarten, da beugt er sich schon über mich, senkt sich langsam runter, nimmt mein Gesicht in beide Hände und küsst mich fast vorsichtig. Ich schließe die Augen und spüre ihn in mir. Ich schaue ihn an, streiche über seine Muskeln, die sich heftig zwischen Brustkorb und Rücken abzeichnen, und lege den Kopf in den Nacken.

»Küss mich«, flüstert er in mein Ohr und sein Gesicht taucht direkt vor meinem auf. Es ist heiß im Zimmer geworden, wir schwitzen so stark, dass wir uns kaum aneinander festhalten können. Er umklammert mich trotzdem, als würde er mich niemals wieder loslassen wollen, ich kralle meine Hände in seinen Rücken. Er zieht mich an sich, gleichzeitig drängt er mich immer stärker immer tiefer in die Kissen. Denken geht nicht mehr, aber Küssen geht immer. Wir bekommen gar nicht genug davon.

»Küss mich«, ist das Einzige, was er sagt. Er brummt und flüstert es, er stöhnt es, er haucht es in mein Ohr, er hört mitten in der Bewegung auf, schaut mir in die Augen und sagt es mit einer überraschenden Klarheit, als würde er mich um ein Bier bitten. Immer wieder. »Lotte! Küss mich!« Schön.

Wir beginnen zu spielen. Ich entziehe mich ihm, was ihn augenblicklich rasend macht. Ich kann gar nicht so schnell ausatmen, wie er wieder in mich kommt. Es flackert in seinen Augen und er umfasst mich nur noch fester. Er schlingt seine Arme um meinen Hals, umarmt mich dabei so kräftig, dass er mir fast die Luft nimmt, und kommt heftig. Er pulsiert in mir, ich atme tief ein und lächelnd aus.

Kai bleibt erschöpft auf mir liegen. Ich streichele seinen Hinterkopf. Die kurzen Haare kitzeln zwischen meinen Fingern. Seine Fingerspitzen streicheln meine Schultern, er hebt den Blick, küsst mich mit nassen Lippen und rutscht zur Seite. Wir schauen zur Decke, schweigend, und teilen uns eine Kippe. Mein Kopf liegt auf seiner schweißnassen Schulter, die Haut und die Laken kleben.

Kais Hand wandert von meiner Schulter zu meiner Brust, er fixiert mich und ich halte dem Blick stand. Lächelnd. Ich drücke die Kippe aus, schwinge mich rittlings auf seinen Schoß, schlinge meine Arme um seinen Nacken und greife nach den Kondomen …

Sex mit Kai kann Stunden dauern. Vor allem, wenn wir getrunken haben. Ich weiß gar nicht, wo dieses Gerücht herkommt, dass wir Frauen es mögen, wenn ein Kerl ewig lange auf, neben, hinter uns herumturnt. Ich sage: Besser zehn Minuten guten echten Sex als eine Stunde Sportficken. Doch mit Kai kann ich stundenlang vögeln, egal wie. Wir haben schon Betten zum Einsturz gebracht und sind bei unserem ersten Date sagenhafte zwölf Stunden zu nichts anderem, dafür aber mehrfach gekommen. Nach einer Nacht mit ihm habe ich regelmäßig dieses aufgeraute Kinn, das jede Frau kennt, die sich auf kantige Jungs mit Dreitagebart einlässt. Sexsouvenir, nennt das Bea.

Irgendwann muss ich vor lauter Erschöpfung eingeschlafen sein. Denn als ich die Augen öffne, ist es taghell. Ich stöhne und halte mir den Kopf. Irgendwo noch Wasser da? Ich angele mir die Flasche, die neben meinem Bett steht, und fasse in einen benutzten Gummi. Eklig!

Ich setze mich auf und orientiere mich. Nicht in meinem Zuhause, sondern in meinem Leben. Ein typischer Sonntag: Nach langer Nacht und wenig Schlaf erwache ich verkatert und nutze die ersten Minuten des frischen Morgens dazu, die Erinnerung an das Vergangene zu beschwören. Wo war ich gestern? Ach ja. Mit wem? Stimmt, Kai.

Ich trinke einen Schluck und suche etwas zum Anziehen. Kai schläft neben mir, die Arme vor der Brust verschränkt, der nackte Oberkörper hebt und senkt sich langsam. Er sieht unschuldig aus und sein Hintern wie der eines Profisportlers. Schön!

Jetzt schlägt er die Augen auf, blickt mich an und streckt die Arme nach mir aus. »Morgen«, nuschelt er und drückt mir einen Kuss auf die Lippen. Das macht er immer. Ich muss sagen, darauf stehe ich total. Dieser Gutenmorgenkuss sagt »Danke, war schön mit dir« und »So übel bin ich gar nicht«. Das hat dann weniger von dem »Kann ich dir noch was anbieten? Kaffee, Kippe, Mantel, Taxi?«, das unser Verhältnis treffender beschreiben würde.

Ich streiche ihm kurz über den Oberarm und stehe auf. »Hier siehts aus wie im Puff«, sage ich. Im ganzen Zimmer liegen einzelne Klamotten: Socken, BH, Hosen, mein Kleid, sein Shirt, seine Jacke, Schuhe. Dann noch etwa sechs hektisch aufgerissene Kondomverpackungen und die Gummis dazu. Übel. Ich öffne erst mal das Fenster.

»Kaffee?«

»Oh ja, bitte.«

Doch erst trolle ich mich ins Bad. Abschminken, ich sehe aus wie ein Pandabär. Ein zerstrubbelter Panda. Wasser ins Gesicht, Zahnbürste in den Mund. Schon besser.

Ich koche uns Kaffee, wir rauchen eine Kippe auf dem Balkon und dann folgt, was immer folgt. Ein letztes Mal Knutschen an der Haustür, ein »Bis die Tage« von mir, ein »Ruf mich an« von Kai und tschüss.

3. März, 22.10 Uhr

Jetzt beugt sich Kai zu mir: »Lotte, willst du was trinken?« Wir haben uns rund zwei Monate kaum gesehen, einige belanglose SMS geschrieben und nur Gefälligkeiten ausgetauscht.

»Ne Cola.«

»Cuba?«

»Nee. Cola.«

»Ohne Havanna?«

»Ja, einfach eine Coke, bitte.«

Ich schaue ihm in die Augen, er zuckt mit den Schultern und dreht sich zum Gläserregal. Paul flirtet immer noch mit der Blonden. Mittlerweile hält er einen Martini in der Hand und hat den anderen Arm quer über den Tisch gelegt. Sein Ellenbogen zeigt nach außen, seine breite Handinnenfläche schließt nur die Kleine ein. »Frauen von Freundinnen separieren«, nennt er das. Der erste Schritt zu einem gelungenen Fick.

Paul scheint einen Lauf zu haben. Die Kleine hängt an seinen Lippen. Pauls Erfolgsgeschichte sucht in Freiburg ohnehin ihresgleichen. Er hat da eine Theorie: »Pass auf, Charlie«, sagte er mir mal. »Früher, als wir Teenager waren, hatten die Mädels das Sagen. Jungs wollen Sex und Mädchen können ihn geben. Daher bestimmen sie, wo es langgeht. Später jedoch, wenn wir erwachsen werden, ändert sich das. Plötzlich haben die Jungs das Sagen. Denn jetzt geht es nicht mehr um Sex, es geht um Beziehungen. Frauen wollen Beziehungen und sind dazu bereit, dafür mit Sex zu bezahlen. Sobald es übers Herz läuft, haben die Männer das Ruder in der Hand. True Story, I'm sorry.«

Kai kehrt zurück und stellt mir die Cola hin.

»Wie gehts dir?«

»Hmm. Und dir?«

»Ziemlich stressig heute.«

»Ja, sehe ich. Sag mal, ist Marvin hier?«

»Marvin? Hab ich heute noch nicht gesehen. Aber der wollte erst in den Schlappen, bevor er herkommt. Stimmt was nicht?« Kai beugt sich über den Tresen. »Du siehst echt fertig aus.«

»Ja, nein, ist nichts.« Ich zwinge mich zu einem Lächeln.

Kai legt den Kopf schief. »Hör zu, um vier habe ich Feierabend. Wir wollten noch ins Drifter's. Sehen wir uns später noch?«

Für einen kurzen Moment streift seine Hand meinen Arm. Ich spüre ein leichtes Ziehen in der Magengegend. Verdammt, Felix! Erst Felix finden.

»Ja, vielleicht«, sage ich. »Was kriegst du?«

»Was?«

»Für die Cola.«

»Geht auf mich!«

»Danke, bis später dann.«

Ich schnappe mir meine Jacke und schlängele mich Richtung Ausgang. Paul hat mich im Blick, ich nicke kurz, als ich an ihm vorbeigehe, da hat er schon Schal und Mantel in der Hand.

»Auf gehts?« Er sieht noch nicht mal enttäuscht aus. Ein dankbares »Bitte« von mir und einen bösen Blick der Blonden später stehen wir vor der Tür. »Marvin ist im Schlappen, sagt Kai«, kläre ich ihn auf.

»Dann auf in den Schlappen. Süße, übrigens, Kai könntest du dir auch mal wieder gönnen.«

»Paul, ich bin schwanger!«

»Ich mein ja nur. Aber gut, dann finde erst mal diesen Felix.«

Ich hake mich bei Paul unter und wir machen uns auf den Weg zurück in die Altstadt Richtung Schlappen. Der Wind bläst pfeifend um die Ecken und ich knöpfe meinen Mantel zu. Um uns herum stolpern betrunkene Studenten die Straßen entlang, man hört Mädchengekicher durch die Gassen hallen. Schweigend laufen wir übers Kopfsteinpflaster.

»Erinnerst du dich noch an Esther?«, fragt Paul plötzlich.

»Esther? Dein Aufriss im dritten Semester?«

Ich erinnere mich gut, Esther war überhaupt nicht Pauls Kaliber. Sie war sehr schlank, trug schlabbrige Jeans und lange T-Shirts, bunte Schals und niemals Make-up. Aber, so sagte Paul damals: Die schönsten Frauen sind die, die gar nicht wissen, wie schön sie sind. Esther war die einzige Frau, der Paul jemals wirklich zugehört hat.

»Genau die. Weißt du, Esther hat mir einmal erzählt, dass es niemals darauf ankommt, was du sagst, sondern nur darauf, wie dus sagst. Dann kannst du alles jedem schmackhaft machen.«

»Was meinst du denn jetzt damit?«

»Hast du dir denn überlegt, was du sagst, wenn du diesen Felix findest?«

»Noch nicht.« Das habe ich wirklich noch nicht, meine ganze Energie konzentriert sich im Moment darauf, diesen Kerl ausfindig zu machen. Wie ich ihm die Botschaft überbringe, dass er Vater wird, daran habe ich überhaupt noch nicht gedacht.

»Charlie, das ist ne Riesensache.«

»Was würdest du denn tun, wenn dir ein Mädel nach einer Nacht sagt, dass sie schwanger ist?«

Paul bleibt abrupt stehen und lässt meinen Arm los. »Charlie! Das ist nicht witzig! Meinst du, eine von denen könnte …«

»Du lieber Gott, Paul, jetzt mach dir nicht in die Hose. Das wüsstest du sicher längst. Aber du hast recht, das ist wirklich eine große Neuigkeit.«

»Groß? Das ist riesig. Bäng! Das verändert dein ganzes Leben.«

Ich kaue an meiner Unterlippe und steige von einem Fuß auf den anderen. Bislang habe ich nur daran gedacht, wie es für mich ist; ich habe keinen einzigen Gedanken daran verschwendet, wie Felix es auffassen wird. Verdammt, wir kennen uns überhaupt nicht und jetzt bekommen wir ein Kind.

»Weißt du, Paul«, sage ich und versuche Paniktränen hinunterzuschlucken. »Ich dachte mein Leben lang, dass es total schön ist, ein Kind zu bekommen. Ich meine, stell dir mal vor, wie wundervoll es ist, wenn du mit dem Mann, den du liebst, einen Menschen erschaffst, der zur Hälfte du und zur Hälfte er ist. Einen schöneren Beweis für die Liebe kann es doch gar nicht geben. Und jetzt bekomme ich ein Kind, das zur Hälfte ich ist und zur Hälfte ein völlig Fremder. Das ist gruselig.« Mir wird wieder schlecht und ich muss mich an einem Mäuerchen festhalten. Wir stehen mitten auf dem Unihof und ich setze mich auf eine der Bänke. Paul setzt sich zu mir und schaut mich an.

»Charlie, sicher, das ist ne Riesensache. Aber du kannst das. Verdammt, du bist die stärkste Frau, die ich kenne.«

»Danke!« Jetzt kann ich die Tränen nicht mehr zurückhalten. Ich lege meinen Kopf an Pauls Schulter und fange an zu schluchzen. Er streichelt mein Haar und schweigt, bis ich mich beruhigt habe. Paul kann mit weinenden Frauen nichts anfangen. Das sind Emotionen, die nicht steuerbar und damit für Paul nicht deutbar sind. Ich bin froh, dass er nicht einfach aufsteht und geht.

»Wie sage ich es ihm denn jetzt?«

»Esther würde sagen: Sag es ihm, so wie es ist, eine vollendete Tatsache, an der nichts mehr geändert werden kann. Ein ›hätte-würde-könnte‹ bringt jetzt nichts mehr. Sag ihm, dass er an dem Kind teilhaben kann, wenn er will, dass er aber nicht muss, wenn er nicht will. Finanziellen Quatsch könnt ihr später immer noch regeln.«

»Du hast recht. Ich sage ihm, dass ich schwanger bin und dass er selbst entscheiden kann, inwieweit er involviert sein möchte. Das ist doch fair, oder?«

»Bäng! Hart, aber fair.«

»Jetzt muss ich ihn aber erst mal finden, das ist schon schwer genug.«

»Na, dann komm!«

Wir stehen auf und laufen die letzten Meter über den Hof zum Schlappen.

3. März, 22.40 Uhr

Wir kommen im Schlappen kaum durch die Tür, schon draußen stauen sich die Menschen. Die meisten haben bereits ziemlich einen im Tee und ich rieche eine Fahne schlimmer als die andere. Es ist wirklich kaum zu ertragen, die einzige Stocknüchterne im besoffenen Freiburger Wochenend-Partyvolk zu sein. Vor allem ein Laden wie der Schlappen ist in meinem Zustand schwer zu nehmen. Der Schlappen ist riesig, es gibt mindestens zwölf verschiedene Sorten Bier vom Fass und da die Studentenkneipe mal als »Geheimtipp« in irgendeinem Freiburger Reiseführer stand, ist es eigentlich immer voll, egal wann man kommt. Zudem endet jeder Junggesellenabschied aus Freiburg, oder schlimmer der Umgebung, irgendwann hier. Es gibt kaum etwas Schlimmeres als zwölf besoffene Jungs in identischen T-Shirts mit Sprüchen darauf wie »Heute ist der letzte Abend in Freiheit«, »Stephan heiratet – aber ich bin nicht Stephan« und »Sklaverei – ganz legal« oder 14 kichernde Mädels, oft noch mehr zerstört als die Jungs, häufig erschreckend jung und fast immer mit »Germany's next Topwife« auf der Brust, die sich an den langen Tischen aufreihen und mit dämlichen Spielchen nerven.

Davon mal abgesehen sind wir sehr gern hier. Im Schlappen ist es normal, sich einfach an einen Tisch dazuzusetzen. In null Komma nichts macht man neue Bekanntschaften. Wobei ich mir hier auch einen meiner größten Sex-Fehltritte aufgerissen habe.

Lotte und Lukas

Juli vor vier Jahren

Bea, Steffi und ich sitzen im Schlappen und trinken meterweise Kölsch.

»Ich hab da diesen Neuen«, erzählt Bea. »Alexander.«

»Ja?«

»Und der will etwas von mir.«

»Bea«, sage ich und trinke noch einen Schluck Kölsch. »So verdruckst kenne ich dich gar nicht. Was will er denn?«

»Ähem. Analsex.«

»Oh«, sage ich.

»Na und?«, sagt Steffi.

Bea und ich ziehen die Augenbrauen hoch und starren Steffi überrascht an.

»Na und?«, echoe ich. »Ernsthaft?«

»Klar«, Steffi nickt und stellt ihr Bier ab. »Ist ne feine Sache ab und zu, du musst nur wissen wie.«

»Ich will nicht wissen wie«, sagt Bea angewidert und verzieht das Gesicht. »Denn was ich weiß, ist, dass ich das nicht will.«

»Kann aber Spaß machen«, sagt Steffi. »Aber wer es nicht machen will, sollte es vielleicht auch nicht tun. Man muss ja nicht alles ausprobieren im Leben.«

»Entschuldige?« Bea funkelt Steffi an. »Was soll das denn heißen? Du schläfst seit fünf Jahren mit demselben Kerl und sagst mir, ich muss nicht alles ausprobieren?«

»In fünf Jahren baust du immerhin genug Vertrauen und Intimität auf, um alles mal zu machen.«

»Mädels, bitte!«, interveniere ich.

»Lotta, im Ernst. Was hältst du davon?«, fragt Bea.

»Wovon? Analsex?«

»Ja.«

»Nichts. Tut mir leid, ich glaube aber nicht, dass man alles einmal ausprobiert haben muss. Das ist ein Ausgang, kein Eingang. Punkt«, sage ich und schlage mir mit der flachen Hand auf den Hintern.

Bea lacht: »Super, das Argument werde ich Alexander vortragen. Wenn ers nicht versteht, hat er eben Pech gehabt.«

Ich nicke: »Paul sagt, vor allem Jungs mit kleinen Penissen stehen auf Analsex, weil sie beim normalen Verkehr nicht genug fühlen.«

»Dieses Argument solltest du vielleicht nicht bringen, wenn du ihn nicht vergraulen willst«, lacht Steffi und stellt drei neue Kölsch vor jede von uns.

»Sag mal«, Steffi stellt ihr Bier ab. »Wie kommt Alexander eigentlich schon nach ein paar Wochen auf diese Idee?«

»Vielleicht kommt er sonst gar nicht«, kichere ich.

»Lotta!« Bea schaut mich wütend an, muss dann aber doch lachen. »Ich habe keine Ahnung. Bis jetzt läuft es eigentlich ganz gut im Bett und wir haben auch schon einiges ausprobiert, zumindest ist es nicht so langweilig wie mit Manuel.«

»Was war denn mit Manuel?«

»Alter, immer dieselbe Nummer: Ich oben, dann Doggystyle und wenn er nicht schnell genug kam, hab ich an seine Eier gegriffen und bitte! Immer und immer wieder dasselbe.«

»Das mit den Eiern habe ich noch nie verstanden«, sagt Steffi. »Manche fahren total drauf ab, manche darfst du noch nicht mal leicht berühren.«

»Das ist wie mit Nippeln, entweder gehen sie ab wie ein Zäpfchen oder wie der eigene Opa im Tiefschlaf«, sage ich.

»Das ist doch aber bei den Frauen genau dasselbe«, meint Bea. »Ich stehe zum Beispiel überhaupt nicht drauf, wenn jemand an meinen Titten leckt, und ich weiß, dass Steffi das total genießen kann.«

»Oh ja, Schwester«, grinst Steffi.

Bea nickt: »Das ist ohnehin ein großes Ausprobieren am Anfang: Mag er Eier-Action? Wenn ja, wie sehr? Ich hatte mal einen, der das so scharf fand, dass ich richtig dran ziehen konnte. Ich sage euch, dann musst du beim Nächsten total vorsichtig sein, damit du nicht zu rabiat bist. Oder auch beim Schwanz, meine Güte: Manche mögens weiter oben, manche unten am Schaft, zwei Finger als Ring, oder die ganze Hand als Faust, fest, schnell, langsam, hektisch. Kein Wunder, dass das Hand-*Job* heißt. Das ist echt ne Wissenschaft für sich.«

»Das Schlimmste ist«, lache ich, »wenn du dich an einen Schwanz gewöhnst. Nach zwei Jahren mit Toni war ich so an einen großen Schwanz gewöhnt, dass mir jeder danach viel zu klein war.«

»Holla, ich wusste gar nicht, dass Toni so gut bestückt war.« Bea zieht interessiert die Brauen hoch.

»Und wie. Zugreifen konnte ich nicht mit nur einer Hand. Und dann hast du zwei Jahre Spaß damit, aber danach wirkt jeder neue Schwanz wie ein mickriger Ersatz.«

»Ich hatte mal einen, der zu groß war«, sinniert Bea.

»Zu groß?«

»Ja. Matti hieß der Typ, den habe ich mir auf irgend so einem Dinnerevent in Heidelberg aufgerissen. Wir sind dann zu ihm und als er sich ausgezogen hat, habe ich meinen Augen nicht getraut. Natürlich hatte ich vorher schon durch die Jeans gespürt, dass da ein ziemliches Paket wartet, aber das war eindeutig zu groß.«

»Wie?«, fragt Steffi. »Hats nicht funktioniert?«

»Ehrlich? Nein. Ging nicht, trotz Kondomen und Gleitgel, das er wohl nicht zum ersten Mal benutzen musste. Keine Chance. Wir habens nach mehreren mehr oder weniger peinlichen Versuchen einfach gelassen.«

»Oh, das ist blöd«, sage ich. »Das ist wie keine Kondome im Haus zu haben und vögeln wollen.«

»Besser zu groß als zu klein«, erklärt Steffi und nimmt noch einen Schluck Kölsch. Wir schauen sie an. Sie erwidert den Blick und winkt lächelnd ab: »Keine Sorge, Mädels. Bei Tim ist alles perfekt in Ordnung.«

Wie die meisten Frauen halten wir uns an eine unausgesprochene Regel: Wir sprechen über jeden Quatsch miteinander – wer zu früh kommt oder gar nicht, wer rammelt wie ein Karnickel, lustige Geräusche von sich gibt oder völlig abgedrehte Dinge will. Die einzige Ausnahme: der aktuelle feste Freund. Über dessen Sexualverhalten wird nur geredet, wenn es ein Problem gibt. Ansonsten gehen wir davon aus, dass alles super ist im Pärchenland.

»Apropos zu klein«, fällt mir eine lustige Geschichte ein. »Letztes Jahr war ich doch mit meiner Freundin Leonie im Urlaub in Spanien.«

Leonie und ich kennen uns noch aus der Schule und einmal im Jahr steht ein gemeinsamer Urlaub auf dem Programm.

»Ja?«

»An einem Abend waren wir aus und haben literweise Wodka-Lemon getrunken. Irgendwann hat sich eine Gruppe Franzosen zu uns gesellt. Aufgefallen sind sie uns, weil einer von ihnen den Borat-Badeanzug trug. Ihr wisst schon, diesen String-Tanga mit Trägern in Knallgrün. Und ein anderer hatte sich wohl aus Jux oder warum auch immer einen Streifen auf den Schädel rasiert. Alle anderen Haare standen noch da, nur in der Mitte fehlte dieses Stück.«

»Oh Gott.«

»Oh ja. Aber Leonie fand den sofort toll. Ihr Beuteschema ist recht einfach: groß, breit, prollig. Voilà, betrunkener Franzose mit halb rasiertem Schädel, perfect match. Auf jeden Fall haben die zwei noch in der Bar so wild rumgeknutscht, dass sie fast rausgeflogen sind, und sie ist dann mit zu ihm. Ich hatte den Hotelschlüssel und bin schon mal nach Hause gegangen, ich hatte da doch diese nette Affäre mit dem süßen Hotelportier am Laufen. Jedenfalls war Leonie ungefähr zwanzig Minuten nach mir auch schon zu Hause.«

»Wieso das denn?« Bea schaut mich überrascht an.

»Das habe ich sie auch gefragt. Und sie konnte vor lauter Lachen kaum erzählen, was Sache ist. Denn dieser Franzose hatte penismäßig einfach gar nichts zu bieten. Nicht das Geringste. Leonie sagt, noch bevor sie in seinem Zimmer waren, hat er sie gewarnt: ›Abärr isch abe eine sehr kleine Schwanz.‹ Und Leonie dachte, so ein großer, breiter Typ, so schlimm wirds schon nicht sein.«

»Und?«

»Es war noch schlimmer. Da war: so gut wie nichts. Leonie sagt, wen das befriedigt, der müsse auch kommen, wenn er ein Tampon benutzt.«

Bea wischt sich eine Lachträne aus dem Augenwinkel: »Hihi, ›Ich bin so weit, du kannst jetzt anfangen‹ – ›Ich bin schon drin‹ Hihi.«

Steffi schnappt prustend nach Luft: »Meine Kollegin Thea sagt immer: ›Ich glaube an Männer mit großen Schwänzen. Aber ich glaube auch an die Zahnfee.‹«

Wir verschlucken uns fast am Bier vor Lachen. Ich liebe diese Abende mit den Mädels.

Drei Jungs Mitte zwanzig stehen plötzlich vor unserem Tisch und unterbrechen unser Gegacker: »Prost, die Damen. Dürfen wir Platz nehmen?«

Wir nicken einvernehmlich und sie setzen sich dazu. Als die drei eine Runde Hefeweizen bestellen, ordern wir einen neuen Kranz Kölsch.

»Runde Jägermeister?«, fragt der mit den blonden Haaren.

»Wodka«, sagt Bea.

»Drei Jägermeister, drei Wodka, bitte.« Der Blonde bestellt die Runde.

Wir stoßen mit den Jungs an und erfahren, dass sie alle drei Politik studieren, einer arbeitet nebenbei im Kino, einer im »Bettelstudenten«, einer typischen Freiburger Studentenkneipe, und der dritte scheint genug Geld von seinen Eltern zu erhalten, um ohne Nebenjob über die Runden zu kommen.

Der Bettelstudent-Student sitzt neben mir, er hat lustige blaue Augen und eine schiefe Nase. Seine Haare hängen ihm in die Stirn und er wirft stets den Kopf zur Seite, um überhaupt noch etwas sehen zu können. Nach den ersten beiden Jägermeistern traut er sich endlich, mit mir zu reden. Ich habe zuvor beobachtet, wie er immer wieder den Blick hob, ansetzte, etwas zu sagen, Luft holte und dann doch still blieb. Amüsiert betrachte ich seine schüchternen Annäherungsversuche.

»Also, du, äh, du kommst aus Freiburg?«

Na endlich.

»Na ja, nein, aber ich wohne schon seit ein paar Jahren hier. Und du?«

»Frankfurt, also ich komme aus Frankfurt, bin aber seit zwei Jahren in Freiburg. Zum Studium, weißt du.«

»Okay.«

»Oh, wie heißt du eigentlich?« Er scheint ehrlich beschämt, dass er mich nach diesen paar Sätzen noch nicht nach meinem Namen gefragt hat. Lustig, daran denken die schüchternen Jungs immer sofort. Ich wiederum kann stundenlang mit jemandem reden, ohne auch nur daran zu denken, dass ich gar nicht weiß, wie er heißt.

»Charlotte.«

»Ich bin der Lukas.«

»Hallo Lukas.« Ich zwinkere ihm zu und stoße mit meinem Bier an. Süß, er wird ja rot.

»Wie alt bist du denn?«

»21.«

Uffz, 21, ein Welpe.

»Na dann, Jungs, Prost.« Bea hat eine neue Runde Kurze bestellt. Die anderen beiden, der Kino-Typ Jörn und Andi, der ohne zusätzlichen Job, scheinen im Gegensatz zu Lukas überhaupt nicht schüchtern zu sein. Beide baggern ziemlich an Steffi rum, die das nicht im Geringsten stört. Bea schlägt die Beine übereinander und betrachtet das Spektakel.

Andi hat ziemlich einen im Tee und beginnt von seiner Freundin zu erzählen: »Meine Freundin ist ja echt süß und so, aber anders als ihr. So zurückhaltend und so«, lallt er. »Ich habe das Gefühl, dass sie nie kommt, wenn ich sie lecke.«

Holla, fast spucke ich das Bier auf den Tisch.

»Dann machst du was falsch, Kleiner«, antwortet Bea trocken.

»Nein, ich weiß nicht. Wieso ich?«

Das Gespräch am Tisch verstummt und alle hören Bea und Andi zu.

»Wirklich, die hat schon Spaß, aber ich glaube nie nen Orgasmus oder so.«

»Wie lange machst du es ihr denn?«

»Ja, so bestimmt fünf Minuten.«

»Fünf Minuten! Alter, das reicht vielleicht manchmal, aber sicher nicht immer. Und warum glaubst du, dass sie nicht kommt?«

»Weiß nicht. Manchmal habe ich Angst, dass sie dabei einschläft.«

»Ach herrje, nein, dann machst du irgendwas nicht richtig.«

»Aber was?«

»Das kommt darauf an, was sie mag. Du musst auf ihre Signale hören. Bewegt sie ihr Becken, beweg dich mit, schiebt sie es näher zu dir, Alter, dann machst du es goldrichtig. Nimmt sie deinen Kopf in ihre Hände und drückt sie sich näher an dich, bloß nicht die Strategie ändern. Rutscht sie zurück und versucht sie deinen Kopf aus ihren Beinen rauszudirigieren, Scheiße, dann lass es sein. Denn niemals, wirklich niemals, solltest du nachrutschen. So einfach ist das. Es ist nicht schwerer als Küssen, lass dir das mal gesagt sein, mein Freund.« Bea lächelt und lehnt sich in ihrem Stuhl zurück. Steffi und ich schmunzeln, und die Jungs starren sie entgeistert an.

Damit ist das Eis gebrochen und wir haben viel Spaß. Eine Runde Schnaps jagt die nächste, dazu gibt es Kölsch aus dem Kranz und Hefeweizen vom Fass. Ein typischer Schlappen-Abend.

Als ich aufstehen will, um zur Toilette zu gehen, merke ich, dass Bier und Wodka ihre Wirkung nicht verfehlt haben, meine Beine sind ziemlich schwer geworden und ich muss mich an Lukas vorbeidrücken, um vom Tisch aufzustehen. Er legt fast unmerklich seine Hand auf meine Hüfte, um mich vorbeizulassen, und ich weiß, dass heute noch was laufen wird.

Es gibt immer zwei Situationen, in denen ich das weiß: Entweder begegne ich einem Player. Ein Satz, ein Blick und ich weiß, was Sache ist. Eine Antwort von mir, ein Zwinkern und er weiß es ebenfalls. Dann ist es nur noch eine Frage des Wie und Wo. Oder es sind schüchterne, aber betrunkene Jungs wie Lukas, die offensichtlich interessiert sind, sich trauen, auf Körperkontakt zu gehen und mir klares Interesse zu signalisieren. Wenn ich dann nicht abgeneigt bin, ist es nur noch eine Frage des Wann und Wie.

Es sind Situationen, in denen ich mich wohlfühle, weil ich sie unter Kontrolle habe. Will ich noch mehr flirten, kann ich ihn reizen, bis er verrückt wird; will ich mehr, lass ich mich küssen. Sich küssen lassen ist recht einfach, so ziemlich jede Frau hat das drauf: Du stellst dich vor den Kerl, ziehst die Schultern etwas nach unten, senkst den Blick, legst den Kopf schief und schaust ihm lächelnd von unten nach oben in die Augen. Widerstehen kann da kaum jemand.

Später, nach unzähligen Wodkas und Jägermeistern, machen wir uns auf ins Crash. Das Crash ist ein ziemlich abgefuckter Laden in der Nähe des Bahnhofs, er ist immer duster, voller Graffiti, innen wie außen, und es gibt einen Kicker, Bier aus Plastikbechern, zwei Bühnen, zwei Tanzflächen und jede Menge Leute. Er ist bis ins Morgengrauen gefüllt bis auf den letzten Stehplatz und die Musik wummert bis um fünf. In solchen Schuppen bin ich aufgewachsen, ich kenne die Regeln. Es ist wie Freunde nach Hause einladen. Als wir an diesem Abend zu sechst ankommen, ist es bereits nach zwei Uhr morgens.

Steffi sagt immer, nach zwei Uhr morgens passieren nur noch unnötige Sachen. Aber manchmal mag ich die unnötigen Sachen.

Wir trinken abgestandenes Bier aus übervollen Plastikbechern und kämpfen uns auf die Tanzfläche. Lukas weicht mir nicht von der Seite. Mitten in einem Song von den Red Hot Chili Peppers packt er mich am Arm, dreht mich zu sich und küsst mich. Ich erwidere den Kuss und bin überrascht, wie gut er ist. Weich und sanft, mit genug Nachdruck, um richtig heiß zu werden.

Schüchtern schaut er mich an und sagt: »Du bist die erste Frau, die ich in diesem Jahr küsse.« Ach, wie süß, ich muss mich zurückhalten, um nicht zu antworten: »Und du bist heute schon der Zweite.« Erst an diesem Morgen ist Tobi in meinem Bett aufgewacht, aber Tobi ist eine regelmäßige Affäre, der zählt nicht so richtig. Fickfreund, nennt ihn Paul. Fickfreunde sind etwas Großartiges, sagt Bea. Und selbst Steffi, seit Jahren glücklich liiert, muss zugeben, dass es wenig Unkomplizierteres und Spaßigeres gibt als einen Kerl, mit dem du regelmäßig Sex haben kannst ohne Rücksicht auf Verluste. Keine Verbindlichkeiten, keine Eifersucht, keine Rechenschaft, einfach nur Spaß.

Lukas hat eine angenehme, unaufdringliche Art, die mir sehr gefällt. Sein Kuss sagt nicht »Du gehörst mir, Baby« oder »Haha, dich kriege ich auch noch rum«, er sagt »Och, das macht aber Spaß mit dir«.

Wir knutschen mitten auf der Tanzfläche weiter, bis die Lichter angehen.

»Oh, schade«, sagt Lukas und schaut mich entschuldigend an. Bea und Jörn stehen ebenfalls knutschend am Ausgang, und Steffi und Andi kickern mit zwei anderen.

»Lass uns gehen«, sage ich und greife nach Lukas' Hand. Wir verabschieden uns und laufen zu mir. Auf dem Weg halten wir uns einfach nur an den Händen und reden, kein einziger Kuss kommt dazwischen. Als wir bei mir sind, will er umdrehen.

»Schlaf gut, Lotte.«

»Willst du noch mit hochkommen?«

»Wäre das denn okay?«

»Sonst würde ich dich doch nicht fragen.«

»Dann ja, sehr gern.«

Was folgt, werde ich nie vergessen. Ich habe von diesem schüchternen süßen 21-Jährigen einiges erwartet, aber nicht das. Sex mit schüchternen Jungs ist meist: nun ja, hauptsächlich süß. Sie verhalten sich, als hätten sie Angst, etwas kaputt zu machen, sie sind zärtlich und vorsichtig, kommen häufig früh und kümmern sich regelrecht liebevoll um dich. Wie es die alte Weisheit besagt: Junge Männer wissen zwar nicht, was sie tun, aber sie tun es die ganze Nacht. Und darauf hatte ich mich eingestellt.

Aber Lukas ist anders: Zum einen hat er Haare am ganzen Körper, womit ich überhaupt nicht gerechnet habe; zum anderen zieht er mich, sobald wir die ersten Kleidungsstücke losgeworden sind, augenblicklich auf seinen Schoß. Ich drücke ihm gerade noch rechtzeitig einen Gummi in die Hand, da ist er auch schon in mir, wirft wie ein Verrückter den Kopf in den Nacken, wackelt mit seinen Händen an meiner Hüfte, schiebt mich vor und zurück und brüllt dabei: »Oh ja, fick mich, ja, geil, fick mich, ist das geil.«

Ich muss mir Mühe geben, nicht in Lachen auszubrechen. Entschuldigung? Fick mich? Was soll der Quatsch? Wo hat er das denn gelernt?

Nach zweieinhalb Minuten Bums ist es auch schon vorbei und er bleibt mit einem dämlichen Grinsen auf dem Gesicht neben mir liegen. Das war wohl nichts.

Ich streiche mein T-Shirt glatt, das ich immer noch trage, schlüpfe in meine Unterhose, die neben dem Kopfkissen liegt, und gehe in die Küche, Wasser trinken. Er kommt hinterher, splitterfasernackt, und umarmt mich.

»Das war echt fabelhaft«, schwärmt er.

Ach ja?

»Wirklich, Lotte, du bist umwerfend.«

Hmmm.

»Sag, kann ich bei dir schlafen?«

Nein, bitte nicht. »Entschuldige, aber ich muss morgen recht früh raus. Meine, äh, Eltern kommen vorbei.«

»Oh, na, dann will ich dabei nicht stören, die kann ich ja ein andermal kennenlernen.« Nein, sicher nicht.

Lukas geht zurück in mein Schlafzimmer, zieht seine Klamotten an und küsst mich zum Abschied.

»Ich hab ja deine Nummer, ich melde mich auf jeden Fall.«

Ja, ja.

Als er die Tür hinter sich zuzieht, lasse ich mich erleichtert auf den Sessel in meiner Küche fallen, trinke eiskaltes Wasser und schlage die Beine übereinander. Mensch, Lotta, schon wieder ein völlig unnötiger Fick. Ein schlechter noch dazu. Ich krieche in mein Bett, schlafe augenblicklich ein und kann am nächsten Morgen schon wieder darüber lachen.

3. März, 22.45 Uhr

Paul und ich kämpfen uns durch die Menschen im Schlappen und halten Ausschau nach Marvin. Er ist noch nicht da. Wir setzen uns an einen Tisch in der Nähe der Tür, damit wir ihn nicht verpassen, und bestellen etwas zu trinken.

»Gin, bitte«, sagt Paul.

»Alles klar, einen Gin Tonic. Und für dich?« Die Kellnerin schaut mich an.

Paul korrigiert: »Gin. Nur Gin, kein Tonic, kein Eis, nur Gin.«

»Äh, oh, alles klar. Und du?«

»Ich hätte gern ein großes Bier.«

»Charlie!«

»Verdammt, die Macht der Gewohnheit. Ich nehme ein, was trinkt man denn so, eine große Apfelsaftschorle.«

»Kommt sofort.«

»Meinst du, Marvin kommt?«, fragt Paul.

»Kai sagte, er wisse, dass er den Abend im Schlappen beginnen wolle. Und es ist noch nicht mal elf, er wird schon auftauchen.«

»Also gut. Wahrscheinlich sind sie wieder in der WG versackt.«

Wie auf Kommando erscheint in diesem Moment Marvin mit Christian und Stefan, einem dritten Mitbewohner, in der Tür. Die drei haben bereits ordentlich die Lampen an und freuen sich, uns zu sehen.

»Lotta! Paul!«, nuschelt Marvin, drückt mir einen Kuss auf die Lippen und klopft Paul auf die Schulter.

»Was machtn ihr hier?«

Zum ersten Mal heute spüre ich eine große Erleichterung. Ich habe endlich Marvin gefunden. Es geht langsam vorwärts. Seit ich weiß, dass ich schwanger bin, mache ich gedanklich nur einen Schritt nach dem anderen, um an der Größe dieser Neuigkeit nicht zu zerbrechen. Schritt 1: Paul um Hilfe bitten. Schritt 2: Marvin finden. Schritt 3: Felix finden und die Sache aufklären. So weit, so gut.

»Setzt euch doch, Jungs«, fordert Paul auf.

Die drei lassen sich auf die Bank neben uns fallen und schauen sich nach der Kellnerin um. Die Jungs können keine Minute ohne Nachschub bleiben, das erste Ziel einer jeden Party ist für sie die Theke. Ohne Bar läuft nichts und sie sind sehr spendabel, was Runden angeht. Ich mag das, die Partys mit den WG-Jungs sind meist spektakulär.

Marvin legt den Arm um mich und Stefan grinst mich schief an. Er hofft seit Jahren, mich rumzukriegen, und lässt keine Gelegenheit aus, das auch jedem mitzuteilen.

»Lotta, du siehst sehr schön aus heute«, nuschelt er.

Ich lege instinktiv meine Hand auf den Bauch und den Kopf schief. »Danke.«

»Wirklich.«

»Ja. Dankeschön.«

»Süße, was hastn noch vor? Wollen wir noch ein bissle um die Häuser ziehen?«

»Heute nicht, Stefan.«

Die Kellnerin erlöst mich und stellt die bestellten Getränke ab. »Eine Apfelsaftschorle …«

»Apfelsaftschorle?« Die Jungs sind fassungslos. »Was ist denn los mit dir?«

»Ich bin nicht so fit heute«, entschuldige ich mich.

»Und einen Gin Tonic.«

»Gin. Kein Tonic, kein Eis. Nur Gin, bitte«, sagt Paul resigniert und schiebt das Glas von sich. Das passiert andauernd. Anscheinend ist er der einzige Mensch in Freiburg, der Gin pur trinkt, und die Kellner bekommen es meist nicht gebacken.

»Oh ja, sicher, entschuldige«, murmelt die Kellnerin und schaut in die Runde. »Und für euch, Jungs?«

»Drei große Pils und fünf Sambuca«, ordert Christian.

»Für mich nicht«, protestiere ich.

»Ach komm, einer wird dich schon nicht umbringen.«

Mich nicht, denke ich und sage noch mal: »Jungs, bitte, ich trinke heute nichts.«

»Na gut, bring trotzdem fünf, die kommen schon weg.«

Christian schaut Paul an: »Alter, gut dich zu sehen. Ich brauch mal deinen Rat.«

»Christian, wirklich?« Marvin blinzelt erstaunt.

»Klar, Alter. Also, Paul, du kennst doch Jenny?«

»Die hübsche Blonde, mit der du dich seit ein paar Monaten triffst? Sicher. Heiß ist die.«

»Genau. Sie hat mich letzte Woche gefragt, wo das zwischen uns hinführt. Was antwortet man denn auf so was?«

Christian scheint echt erstaunt zu sein; er wirkt, als hätte jemand von ihm verlangt, das Telefonbuch auswendig zu lernen.

Für die Jungs ist Paul eine Art Guru, jemand, der weiß, wie man Sex bekommt, ohne selbst zu viel zu investieren. Jemand, der es schafft, regelmäßig Frauen flachzulegen, ohne sich jemals an eine binden zu müssen.

Ich entspanne mich immer mehr und nippe an der Apfelsaftschorle. Zum ersten Mal heute denke ich, dass irgendwie schon alles gut wird. Ich lache, lehne mich zurück und warte auf Pauls Antwort. Auch die Jungs schauen ihn gespannt an.

»Oha, die Wo-stehen-wir-eigentlich-Kiste. Die ist nicht ohne. Also, pass auf: Sag ihr, dass du es liebst, Zeit mit ihr zu verbringen. Dann hast du das Wort ›Liebe‹ schon mal gesagt, und zwar so unverbindlich wie möglich.«

»Wir hassen das«, mische ich mich ein. »Wir sind doch nicht auf den Kopf gefallen. Wir kennen den Unterschied zwischen ›Ich liebe es, mit dir zusammen zu sein‹ und ›Ich liebe dich‹, genauso wie wir den Unterschied zwischen ›Du bist nett‹ und ›Du bist die Einzige für mich‹ kennen. Ich bitte euch!«

»Charlie, aber manchmal geht es eben nicht anders«, sagt Paul und nimmt einen Schluck von dem Gin Tonic, der immer noch vor ihm steht. Er verzieht das Gesicht: »Pfui, nehmt mir doch dieses Gesöff hier weg.«

»Christian«, sage ich und schiebe Pauls Glas außer Reichweite. »Hast du dich schon mal gefragt, wo du denn wirklich hinwillst mit Jenny?«

»Keine Ahnung, sie ist ganz schön heiß und ich liebe es wirklich, mit ihr zusammen zu sein. Aber warum muss man denn immer alles analysieren? Wir können doch einfach schauen, was die Zeit bringt.«

»Das ist manchmal aber nicht genug«, sage ich. »Manche Frauen wollen wissen, woran sie sind. Hast du sie denn schon deinen Freunden vorgestellt?«

»Na ja, Paul kennt sie ja von früher, meine Mitbewohner haben sie das eine oder andere Mal über den Flur huschen sehen. Aber das wars auch.«

»Pass auf, bring sie doch zur nächsten WG-Party mal als Date mit, stelle sie offiziell vor und dann wird sie zufrieden sein. Du musst sie ja nicht mit den Worten ›Alle mal herschauen, hier ist sie!‹ vorstellen, ein einfaches ›Das ist meine Freundin Jenny‹ reicht.«

»Aber dann ist sie ja meine Freundin.«

»Ja, dann ist sie deine Freundin.« Ich ziehe die Augenbrauen hoch. »Paul, willst du bitte wieder übernehmen?«

Während Paul mit Christian die Vor- und Nachteile offizieller Partnerschaften und offener Beziehungen diskutiert, wende ich mich endlich an Marvin. »Marv, auf eurer WG-Party vor ein paar Wochen hab ich einen Kerl kennengelernt. Felix. Erinnerst du dich?«

»Felix? Klar, ihr hattet da ziemlich was am Laufen, das weiß ich noch. Na, na, Lotta, du wirst dich doch nicht endlich mal verliebt haben?«

»Nicht ganz. Aber ich würde ihn gern wiedersehen, am liebsten so schnell wie möglich. Hast du seine Telefonnummer oder weißt du, wo er wohnt?«

»Leider nicht, er war mit einem Kumpel da, der früher mal mit Jens zusammengewohnt hat.«

Verdammt!

»Jens, eurem Mitbewohner?«

»Genau. Soweit ich weiß, wohnt Felix aber in Freiburg, ich glaube in der Wiehre.«

»Weißt du sonst noch was über ihn?«

»Na, da will es aber jemand genau wissen.«

»Marv, bitte!«

»Na ja, er ist Lehrer in Breisach und er ist Drummer in einer Band, die regelmäßig in Freiburg auftritt. Die Jungs heißen ›bad conscience‹ und spielen vor allem im The Great Räng Teng Teng und im My Way. Vielleicht kann man dir ja dort weiterhelfen. Ansonsten frage ich Jens, der weiß sicher mehr, aber der ist noch bis Mittwoch nächster Woche mit seiner Freundin wandern und nur schwer zu erreichen.«

»Okay«, ich atme hörbar aus. »Vielen Dank schon mal.«

»Mensch, Lotta, dich hats ja ganz schön erwischt.«

»Das kann man wohl so sagen«, nicke ich und zwinge mich zu einem Lächeln.

Ich überlege: Jetzt weiß ich immerhin den Bandnamen und ihre Auftrittsorte. Gar nicht mal so schlecht, das heißt, die nächsten Stationen sind das The Great Räng Teng Teng und das My Way, beides ist nicht allzu weit von hier. Und wenn alle Stricke reißen, kann mir Jens nächste Woche zumindest die Telefonnummer des Kumpels geben, mit dem Felix unterwegs war. Das ist doch schon mal was.

Was mich aber noch mehr umhaut: ein Drummer! Ich hab mir schon wieder einen Drummer ausgesucht, das passiert mir ständig. Ich habe da eine Theorie: Die Leadsänger sind die mit den Mädels, sie stehen stets im Rampenlicht und alle fahren auf sie ab. Sie können problemlos eine nach der anderen abschleppen und das tun sie auch. Die Gitarristen sind die coolen Jungs, die weder im Hintergrund stehen, noch ganz vorn mitmachen, die sind was für Hardcore-Groupies. Die Bassisten sind die lieben Jungs, oft die heimlichen Stars einer Band, wer sich einen angeln kann, sollte ihn wohlweislich behalten. Und die Drummer sind die mit den flinken Fingern und dem hübschen Torso, taktangebend und mit einem Selbstbewusstsein wie ein Paukenschlag. Letztlich bleibe ich meist an den Schlagzeugern dieser Welt hängen – und offensichtlich bekomme ich jetzt sogar ein Kind von einem. Die Leadsänger habe ich ohnehin schon gefressen, da war ich noch keine 18.

Lotte und Oliver

Mai vor 13 Jahren

»Das kommt gar nicht infrage!«, kichert Leonie.

»Komm schon«, sage ich und mache noch eine Dose Bier auf.

Wir sind auf einem Zeltfest auf einer Waldlichtung in der Nähe meiner Heimatstadt. Es wird langsam dunkel und das Bier schmeckt nach der vierten Dose schon weniger metallisch. In der Mitte der Lichtung lodert ein Lagerfeuer, es sind etwa zwanzig Leute da und wir werden heute Nacht in den aufgestellten Zelten schlafen. Es ist einer dieser Abende, der nach mehr schmeckt. Ein unbestimmtes Gefühl, wenn der Abend glitzert, die Spannung steigt und etwas ganz Besonderes in der Luft liegt, das ist ein Gefühl, das nur Teenager fühlen können.

»Na gut«, gibt sie endlich nach. »Aber nur, weil ich weiß, dass du schon ewig auf Oli abfährst.«

Wir erheben uns von unserer Decke und schlendern zu den Jungs ein paar Meter weiter. Ich trage ein altes Nirvana-Shirt, einen kurzen Jeansrock, schwarze Boots und Netzstrümpfe, Leonie ein braunes Sick of it all-Sweatshirt mit roter Karottenjeans und braunen Wildlederstiefeln. Bei Patrick und Oliver angekommen, lassen wir uns nieder. Leonie zieht vier kleine

Fläschchen »Pfläumchen« aus ihrer Lederumhängetasche und verteilt sie. Wir klopfen die Flaschen auf dem Waldboden, stoßen an und kippen das süße Zeug hinunter. Kurze Zeit später fragt Leonie wie versprochen, ob Patrick mit ihr noch eine Runde dreht, und lässt mich allein mit Oli zurück.

Oliver ist schon 18 und der Sänger in der coolsten Band unserer Schule. Er hat dicke blonde Wuschelhaare, einen lustigen Mund, der meist zu einem Grinsen verzogen ist, und buschige Augenbrauen über hellblauen Augen. Ich lege meine Beine zur Seite und eine Hand auf sein Knie. »Na, Oli. Was macht die Kunst?«

»Läuft, Lotte, läuft.«

»Bist du noch mit Nina zusammen?«

»Nö. Und du mit André?«

»Nö.«

»Soso«, sagt er und lächelt.

Ich rutsche ein Stück näher. Da kommt Sabine und setzt sich zu uns. Diese blöde Kuh. Ich schaue mich nach Leonie um, kann sie aber nicht mehr entdecken. So ein Mist.

»Hallo Oli«, flötet Sabine und streicht durch ihre blonde Ponyfrisur.

»Hey Sabine. Alles in Ordnung?«

»Aber immer doch«, kichert Sabine. »Kommst du auch nächste Woche zu Tills Abschiedsparty?«

»Klar bin ich am Start. Mal schauen, was wir danach so anstellen.«

Mir wird das hier zu blöd, ich höre Sabines Antwort kaum noch und stehe auf.

Als ich ein paar Schritte gegangen bin, kommt mir Oli hinterher. »Alles in Ordnung?«

»Ja, ja«, sage ich. »Aber, um ehrlich zu sein, finde ich das doof. Entweder sprichst du mit mir oder mit Sabine.« Ich hebe beide Hände und ziehe die Augenbrauen hoch. Ich wusste schon sehr früh, was ich wollte und was nicht. Und in jüngeren Jahren hab ichs auch immer sofort gesagt. Mir war egal, was die Typen dann dachten. Meist hats auch geklappt. So wie dieses Mal.

»Oh«, sagt Oli und wirft einen Blick zurück zu Sabine, die allein auf dem Boden sitzt und gedankenverloren die Picknickdecke glatt streicht. Er spuckt seinen Kaugummi aus, legt einen Arm um meine Schulter und führt mich zum Lagerfeuer. Bingo!

Wir nehmen auf einem Holzstapel Platz und er küsst mich unbeholfen, ganz nass und mit viel Zunge im ganzen Gesicht. Ich halte immer noch die Bierdose in der Hand. Ich bin enttäuscht, seit zwei Jahren stehe ich heimlich auf Oli und dann ist er so ein mieser Küsser. Während wir weiterknutschen, versuche ich, seine Zungenbewegungen im Zaum zu halten, was sich als ziemlich schwierig erweist.

Ich unterbreche das Gelecke und zünde mir eine Zigarette an. Er legt seinen Arm angewinkelt auf meine Schulter und stützt sich darauf ab. Wie zufällig spielt er mit einer meiner Haarsträhnen und sagt: »Weißt du, Lotte, ich wusste schon immer, dass du was für mich übrighast.«

Ich huste Rauch aus: »Ach?«

»Ja, schon immer«, nickt Oliver und lächelt mich gönnerhaft an. »Und ich dachte so, weißt du, die Lotte, die ist doch gar nicht so schlecht. Süß bist du ja schon und dein Arsch ist der Hammer. Klar, du redest ein bisschen viel, aber sonst: erste Sahne.«

Ich ziehe die Augenbrauen zusammen und wische mir den letzten Rest Oli-Spucke von der Wange. »Frag doch mal Sabine, was die für dich übrighat.«

Ich stehe auf und lasse ihn verdutzt sitzen.

Der Abend wurde dennoch richtig nett. Und ich hatte das Zelt für mich allein, Leonie schlief bei Patrick. Und das tat sie übrigens für die folgenden sieben Jahre.

3. März, 23.11 Uhr

Ich wippe nervös auf der Bank herum, eigentlich will ich sofort los ins Räng Teng Teng, um nach Felix zu fragen. Andererseits habe ich noch ein volles Glas vor mir stehen und Paul ist mitten im Gespräch.

»Aber was mache ich«, sagt Christian gerade, »wenn sie wieder ›Ich liebe dich‹ sagt? Letztes Mal habe ich einfach getan, als hätte ich sie nicht gehört. Das kann ich doch nicht die ganze Zeit tun.« Er nimmt einen großen Schluck Bier und schüttelt resigniert den Kopf.

»Oh Gott«, sage ich. »Christian, du hast einfach getan, als hättest du sie nicht gehört? Das ist ja furchtbar.«

»Wir brauchen mehr Schnaps«, beschließt Marvin und bestellt noch mal fünf Sambuca.

»Marv, ich trinke nicht.«

»Schon gut, Süße. Bring trotzdem fünf, bitte.«

»Und für mich noch einen Gin, so wie eben, einfach nur Gin pur, bitte.«

»Klar«, lächelt die Kellnerin. »Sonst noch was?«

»Noch drei Bier. Groß, bitte. Lotta?«

»Ich hab noch, danke.«

»Ich hab mal ›danke schön‹ auf ›Ich liebe dich‹ geantwortet«, lächelt Stefan. »Das war meine erste Reaktion. Danke schön! Das war ziemlich daneben, schätze ich.«

»Da kannst du dir sicher sein, mein Freund«, lache ich. »Aber ich habe mal ›Was? Nein!‹ geantwortet. Ich kannte den Typen gerade mal ein paar Stunden und er kam mit ›Lotte, du bist echt unglaublich. Ich glaub, ich bin in dich verliebt‹, und da konnte ich nicht anders, als mit einem ehrlichen ›Nein‹ zu antworten, ein ›Nein, das tust du sicher nicht‹.«

»Leute«, sagt Paul. »Es gibt nur eine Antwort auf ›Ich liebe dich‹ und die ist ›Ich liebe dich‹.«

»Du?«, ich runzele die Stirn. »Als würdest du jemals einer Frau sagen, dass du sie liebst.«

»Der Trick ist, es überhaupt nicht so weit kommen zu lassen, dass sie es sagt.« Paul nimmt sein Glas und schwenkt den Gin. Er sieht aus wie ein alter Mann vor einem lodernden Kamin, der seine Lebensweisheiten mit altklugen Enkeln teilen muss. »Das mit dem ›Ich liebe dich‹ ist ein Prozess mit mehreren Phasen. Zuerst glaubst du, du liebst jemanden. Dann weißt du es. Und dann überlegst du, dass du es sagen willst, weißt aber nicht wann und wie. Und irgendwann kommt es raus. Einfach so. Das kann im Bett sein oder mitten in einem Streitgespräch. Auf der Autobahn oder während der Vorlesung. Tatataaa, und dann ist es da. Es ist ausgesprochen und unwiderrufbar. Und darauf gibt es nun mal nur eine Antwort.«

Die Liebe – hier sitzen vier Jungs und diskutieren die Liebe. Einer, der es noch nicht mal schafft, eine Frau bis zum Frühstück zu behalten, einer, der seit Jahren allem hinterherjagt, was einen Rock und Pulsschlag hat, einer, der bei Frauen nie einen Stich landet, und einer, der sich in sein Schneckenhaus zurückzieht, sobald seine Freundin ihm zu nahekommt. Was wissen die schon von der Liebe? Andererseits: Was weiß ich denn von der Liebe? Stets war ich stolz darauf, dass ich Herz und Bett, Sex und Gefühle trennen konnte. Dieses rastlose Jagen nach dem nächsten Kick frisst sich durch mein Leben, seit ich 16 Jahre alt bin. Unverbindliches Halbnackt-Geplänkel, das dir ein gutes Gefühl gibt, solange es noch warm ist, das aber umso kälter wird, wenn es verglüht.

Ich teile mein Leben mit meiner Liebe: meinen Freunden. Doch manchmal wäre ein Partner vielleicht das Richtige. Jemand, der immer da ist, wenn du ihn brauchst. Jemand, der dich auch ungeschminkt kennt und dich mag, ob du jetzt besoffen auf den Tischen tanzt oder im Schlafanzug Gläser abspülst. Dennoch sind mir Beziehungen ein Rätsel, ich bin es gewohnt, alles selbst zu entscheiden und mein Leben zu leben. Allerdings bin ich es auch gewohnt, abends allein einzuschlafen und mir selbst Tee zu kochen, wenn ich krank bin. Jemand, der mir das abnimmt, wäre wahrscheinlich nicht die schlechteste Option. Und jetzt beginnt ohnehin ein ganz neues Leben. Ich bekomme ein Kind, verdammt noch mal. Ein Baby! Einerseits macht mir das Angst in einer Größe, die ich nicht gewohnt bin, andererseits erwarte ich aufgeregt, was passieren wird. Und ich bin ja nicht allein. Da ist immer noch Felix, vielleicht ist er derjenige, der morgens neben mir aufwachen möchte und mir Tee kochen kann. Gedankenverloren streiche ich eine Haarsträhne hinters Ohr und lege eine Hand auf meinen Bauch.

Paul beobachtet mich aus den Augenwinkeln: »Wie siehts aus? Willst du weiterziehen, Charlie?«

»Ja, bitte.«

Wir bezahlen, verabschieden uns von den Jungs, nicht ohne zu versprechen, später vielleicht noch im Drifter's vorbeizuschauen, und verlassen den Schlappen.

Draußen wird es immer kälter, ich knöpfe meinen Mantel zu und Paul legt seinen Schal enger um seinen Hals.

»Wohin jetzt?«, fragt er.

»Ins Räng Teng Teng. Vielleicht kennen die die Band von Felix. Marvin meint, die Jungs spielen regelmäßig dort und im My Way.«

»Na dann, ist ja nicht weit.«

3. März, 23.30 Uhr

Das The Great Räng Teng Teng liegt nur wenige Minuten vom Schlappen entfernt. Es ist ein kleiner Kellerclub, der stets ebenso verraucht wie voll ist. Es gibt Cuba Libre für vier Euro und Astra-Bier für zwei. Das Räng Teng Teng ist das Gegenbeispiel zu einer gemütlichen Cocktaillounge. Es ist voll, laut und stressig, kein Mensch kennt die Musik und doch tanzen alle dazu. Es sieht aus wie bei Oma im Keller, den sie seit Jahren nicht aufgeräumt hat. Der Club hat sich innerhalb kürzester Zeit zu einem der beliebtesten Treffpunkte der Freiburger Alternativ-Szene gemausert. Wir reihen uns in die beachtliche Schlange vor dem Eingang ein.

Nebenan fallen die ersten Leute aus der Markthalle, einem Treffpunkt für die Übervierzigjährigen, die immer noch nicht genug haben vom belanglosen Flirten und sinnlosen Vollrausch-Sex. Resteficken ist in der Markthalle Breitensport und besonders widerlich daran ist, dass jeder Zweite noch nicht einmal versucht, seinen Ehering zu verstecken, während er dich anbaggert.

»Wenn das mal kein Zufall ist.« Ich fahre herum und erkenne zwei bekannte Gesichter. Oh nein. Meine Halloween-Jungs. Beide küssen mich und beachten Paul dabei gar nicht.

»Süße, wie gehts?«

»So weit ganz gut. Und selbst?«

»Alles senkrecht, ist ja Wochenende. Sag, wollen wir später noch auf einen Absacker zu mir?«

»Heute nicht.«

»Du hast ja unsere Nummern, ruf an, Süße, wenn du es dir anders überlegst. Jederzeit. Wir meinen das ernst, das weißt du, nicht wahr?«

Wieder bekomme ich zwei feuchte Küsse auf die Lippen und die Jungs ziehen Arm in Arm weiter die Straße entlang.

»Wer war das denn?«, fragt Paul amüsiert.

»Halloween-Bekanntschaften.«

»Klingt gut, erzähl mal. Das könnte hier eh noch etwas dauern.« Paul deutet auf die Schlange.

Lotte und die Halloween-Jungs

31. Oktober im letzten Jahr

Ich sterbe vor Langeweile. Ich sitze allein auf einem orangefarbenen Sofa und rühre mit einem Strohhalm gedankenverloren in meinem Cuba Libre. Mit dieser Mischung wird die Insel übrigens niemals befreit, denke ich und schaue mich entnervt um. Um mich herum stehen laute feierwütige Menschen in Zweiergrüppchen und ich fühle mich wie abgestellt.

Als mich meine Kollegin auf ihre Halloween-Party einlud, ahnte ich nicht, was auf mich zukommen würde. Das Motto ist »Die drei Fragezeichen« und ich habe mich mit schwarzem Federkleid, schwarzen Flügeln und einem aufgenähten Fußabdruck als »Die Spur des Raben« verkleidet. Ich war noch keine fünf Minuten hier, da hat mir ein süßer grüner Geist einen Drink gemixt. Wir unterhielten uns wirklich gut – zumindest so lange, bis sich ein blonder Papagei auf seinen Schoß setzte, ihn »Schatz« und mich »Was will die denn?« nannte. Ich stand auf und ging in die Küche, doch jeder Kerl, mit dem ich mich unterhielt, war nur Minuten später im Arm einer anderen.

»Alter, kann hier bitte jeder mal bitte knutschen, damit ich weiß, wer zu wem gehört?«, murmelte ich und setzte mich auf das Sofa. Und hier bin ich nun, ein schwarzer Single-Rabe unter lauter glücklichen Pärchen. Pärchen-Mädchen mögen uns nicht, das hat mir Bea schon oft gesagt. Pärchen-Mädchen haben Angst vor Single-Mädchen auf Partys. Weiß der Teufel warum. Als würden wir, einmal losgelassen, sofort alles vögeln, was wir in die Finger bekommen. Und so bedenken sie uns mit bösen Blicken und eifersüchtigen Der-gehört-zu-mir-Gesten.

Als ich schon überlege, demnächst aufzubrechen und Steffi anzurufen, die auf einer anderen Party in der Stadt unterwegs ist, lässt sich ein roter Pirat neben mich fallen.

»Ist dein Freund gerade Bier holen?«

»Wie bitte?«

»Dein Freund. Wo ist der?«

»Ich habe keinen Freund.«

»Endlich«, seufzt er und steht auf. Gleich darauf kommt er zurück, drückt mir ein Glas in die Hand und stellt eine Flasche Absolut Vodka auf den Tisch.

»Hier scheint jede einen Freund zu haben, ich traue mich schon gar nicht mehr, irgendwen anzuquatschen.«

»So gehts mir auch«, sage ich. »Allein hier?«

»Ja, aber mein Kumpel kommt vielleicht später noch.«

»Trinken wir«, sage ich.

Auf dem Tisch liegt Ahoi-Brause, ich nehme Himbeere, er Waldmeister. Wir reißen die Packungen auf, schütten uns die Brause in den Mund und schlucken sie mit Wodka hinunter.

Kaum habe ich mein Glas abgestellt, füllt es der Pirat erneut. »Noch einen?«, fragt er lächelnd und entblößt dabei eine Reihe makelloser weißer Zähne.

»Prost!«, bestätige ich.

Ich bin bereits ziemlich betrunken und außerdem seit Monaten sexlos, der rote Pirat kommt mir gerade recht. Ich lehne meinen Kopf an seine Schulter und lache.

»Noch einen?«

»Aber immer«, sagt er, füllt die Gläser und reicht mir Brause. Er legt seinen Arm um mich und seine Hand streift meinen Nacken. Ich bekomme Gänsehaut.

»Wie heißt du?«, fragt er.

Ich habe eine Idee. »Pass auf«, sage ich. »Heute ist Halloween. Was hältst du von folgendem Vorschlag: Heute passiert, was auch immer passiert, und morgen ist alles, wie es immer war. Egal, was heute Nacht ist, es spielt einfach keine Rolle. Keine Namen, kein Alter, kein Beruf, kein Blabla. Deal?«

Er lacht schallend, schlägt mit der Hand ein und sagt: »Ich mag dich.«

»Na dann«, sage ich und stelle das Glas ab.

»Na dann«, sagt er, nimmt mein Gesicht in die Hände und küsst mich. Ich erwidere den Kuss und umarme ihn, er beugt sich über mich und wirft mich rücklings aufs Sofa. Er liegt fast auf mir und ich kann mir vorstellen, dass all die Mädchen jetzt denken: Hab ichs doch gewusst, jetzt hat sie sich also doch einen Typen aufgerissen. Aber da ich so gut aufgepasst habe, Gott sei Dank nicht meinen.

Wir knutschen so wild, dass wir fast von der Couch fallen. Er schiebt seine Hände unter mein Federkleid und mir ist ganz egal, was die anderen denken. Plötzlich spüre ich viel mehr Gewicht als zuvor auf mir und halte verwundert inne.

Ein Teufel hat sich auf den Hintern des roten Piraten gesetzt und lacht schelmisch. »Alter, da bist du ja.« Der rote Pirat setzt sich auf und zieht mich mit sich. Er legt den Arm um meine Hüfte und sagt: »Das ist der Rabe. Namen spielen heute keine Rolle«, fügt er erklärend hinzu. »Und das ist mein Freund, der Feuerteufel.«

»Hallo Feuerteufel«, sage ich.

»Hallo Rabe.« Zu meiner Überraschung beugt er sich zu mir und begrüßt mich mit einem Kuss auf den Mund. Zu meiner noch größeren Überraschung hat der rote Pirat offensichtlich überhaupt nichts dagegen.

Der Teufel lässt sich auf der Couch nieder und die Jungs nehmen mich in ihre Mitte.

»Was trinken wir?«, fragt der Teufel.

»Wodka-Ahoi«, sage ich.

»Na dann, her damit.«

Ich stehe auf, um ein drittes Glas aus der Küche zu holen. Ich komme nicht umhin festzustellen, dass die Mumien, Tiger und Karpatenhunde mich nach wie vor misstrauisch beäugen. Meine Güte, werdet erwachsen, denke ich bissig. Es ist Halloween und es war nur ein Kuss, verdammt noch mal. Was kann ich denn dafür, wenn in euren Beziehungen die Luft raus ist? Um ehrlich zu sein, stachelt mich das sogar noch mehr an, ich bin gern das verruchte Mädchen, das mit fremden Jungs auf fremden Sofas knutscht.

In der Küche begegne ich René, er ist als Fußballgangster verkleidet und trinkt Beck's Gold aus der Flasche.

»Süßer, du bist ja auch hier.«

»Lottaschatz, ein Lichtblick!« Er drückt mir einen Kuss auf die Lippen und stellt mir ein weißes Fragezeichen vor.

»Das ist Holger.«

»Hallo Holger.«

»Hallo Lotta, ich hab schon viel von dir gehört.«

»Oha.«

»Aber du bist hübscher, als dich René beschrieben hat.«

»Äh, danke.«

»Ich bin nicht so gut im Mädchenbeschreiben«, sagt René entschuldigend. »Lotta, was geht? Ich hab dich mit dem roten Piraten fummeln sehen. Ganz schön geil ist der.«

»Oh ja, das ist er. Wir wollen gerade noch eine Runde Wodka-Ahoi trinken. Seid ihr dabei?«

»Aber immer.«

Ich schnappe mir zwei weitere Gläser und gehe mit den beiden Jungs zurück zum Piraten und dem Feuerteufel.

»Warte, René. Wir haben heute einen Halloween-Deal: keine Namen, keine Jobs, kein Alter, keine Telefonnummern. Okay?«

»Das gefällt mir, unverbindliches Rein-raus-Spielchen mit klaren Regeln? Ich bin dabei.«

»Danke«, flüstere ich und setze mich zwischen den Piraten und seinen Freund, René und seine Begleitung nehmen auf dem Sessel neben uns Platz.

»So Jungs, hier sind noch drei Gläser«, sage ich. »Und ich habe Freunde mitgebracht. Das sind der Fußballgangster und das Fragezeichen, das ist der rote Pirat und der Feuerteufel.«

»So, so, roter Pirat«, sagt René und streicht ihm über den Arm. »Du vögelst also unseren süßen Raben?«

»Das würde ich gern«, sagt der rote Pirat und zwinkert mir zu. Ich lehne mich gegen seine Schulter.

»Ach, ihr kennt euch gar nicht?«, fragt das weiße Fragezeichen.

»Seit einer halben Stunde«, sage ich.

»So kenne ich dich, Schatz«, sagt René und küsst mich auf die Stirn. Er legt den Arm um den Bauch des Fragezeichens und runzelt die Stirn. »Und du, du Teufel? Wie gehörst du hier rein?«

»Das weiß ich noch nicht«, sagt der Teufel. »Aber ich finde den Raben auch ziemlich gut.« Auch er zwinkert mich an und legt wie selbstverständlich seine Hand auf mein Knie. Ich blicke von seinem Arm auf meinem Bein zum Arm des Piraten auf meiner Schulter und bekomme eine Ahnung davon, was heute noch passieren könnte.

»Macht ihr das öfter, Jungs?«, fragt René und will gerade weiter ausholen, um zu erklären, was er genau damit meint, als der Teufel den Piraten anschaut und lachend sagt: »Du meinst einen Dreier?«

»Exakt.«

Ich weiß nicht so recht, wie ich mich fühlen soll. Immerhin ist bis jetzt nichts weiter passiert als ein wenig harmloses Rumgemache, aber die offensive Art der Jungs lässt keinen Zweifel daran, was sie vorhaben. Mir wird heiß, sowohl der Pirat als auch der Teufel sind zwei gut aussehende Jungs, anscheinend eng befreundet und bereit, alles miteinander zu teilen – sogar die Frau in ihrem Bett. Zudem fehlt ein echter Dreier noch auf meiner Liste, das gleichzeitige Rummachen mit Thilo und Steffen in der achten Klasse dürfte nicht dazu zählen.

»Na ja, nicht immer, aber es wäre nicht das erste Mal«, sagt der Teufel. »Wir haben mal auf einer Hochzeit die Trauzeugin flachgelegt. Das war ne super Nummer, wir beide im Anzug, sie im oberschicken Kleid, auf dem Billardtisch neben dem Festsaal.«

»Oha!« René nickt anerkennend.

»Aber sag mal. Ihr seid doch auch ein Paar, oder?«, fragt der Teufel und zeigt auf René und Holger.

»Na ja, kein Paar«, sagt Holger.

»Wir treffen uns heute zum zweiten Mal«, sagt René. »Aber wenn du darauf hinauswillst, ob wir schwul sind oder nicht, das sind wir.«

»Das ist mir schon klar«, sagt der Teufel. »Aber wie läuft es bei euch mit Dreiern?«

Oh nein, eine explizite Sexfrage an René, das wird dreckig.

Und es geht schon los: »Das kommt darauf an. Es gibt zum Beispiel Jungs, die wollen nur ficken und nicht gefickt werden. Dann gibt es welche, die können nur so richtig abspritzen, wenn sie ordentlich gefickt werden. Wenn sich ein aktiver und ein passiver Part treffen, ist alles wunderbar. Aber wenn du selbst aktiv bist und dich in einen aktiven verliebst, dann brauchst du einen dritten, einen passiven, damit jeder zum Zug kommen kann. Manchmal schicken sogar Jungs, die darauf abfahren, in den Arsch gefickt zu werden, Anzeigen raus. Da passiert es dann, dass bis zu zwanzig Männer in einem Hotelzimmer auflaufen, nur um diesen einen zu ficken. Ums mal anders zu sagen: aktiv, passiv, Dreier, Vierer, Fünfer – es gibt nichts, was es nicht gibt.«

René lehnt sich zurück und umschließt das Fragezeichen noch ein wenig fester. Dessen Gesicht ist mittlerweile so weiß wie sein Kostüm und ich hoffe, René hat ihm keine Angst gemacht. Der Pirat und der Teufel sind beeindruckt: »Zwanzig Mann ficken einen einzigen? Das ist ja krasser als der härteste Porno.«

»Schnuckis, wenn ihr endlich die Mädels weglassen würdet, wäre das Leben manchmal ein Porno«, lacht René.

Das Fragezeichen mischt sich ein: »So kann man das aber auch nicht sagen. Ich war neun Jahre lang mit meinem Freund zusammen, ganz monogam. Kein Fremdficken, kein gar nichts. Auch in homosexuellen Beziehungen gibt es Treue.«

René lächelt ihn an und der Teufel wirkt fast ein wenig enttäuscht.

Der Pirat streichelt meinen Nacken und die Hand des Teufels liegt immer noch auf meinem Bein. Ich beginne, mich richtig wohlzufühlen. René schenkt eine weitere Runde Wodka aus und verteilt Ahoi-Brause-Päckchen. Der Rest des Abends ist ziemlich verschwommen in meiner Erinnerung. René und Holger brechen irgendwann auf und bevor ich weiß, wie mir geschieht, knutsche ich mit dem Teufel, während mein Kopf auf dem Schoß des roten Piraten liegt. Er beobachtet uns voller Genugtuung und streichelt mein Haar, während sein Freund an meinem Hals knabbert.

Irgendwann stehen wir wankend von der Couch auf und verlassen die Party. Draußen schnappen wir uns ein Taxi und fahren in die Wohnung des Teufels. Er wohnt nur zehn Euro weit weg und während der Fahrt küsse ich beide Jungs. In der Bude angekommen, steuern wir direkt das Schlafzimmer an und beide Jungs beginnen zuerst mich und dann sich zu entkleiden. Der Rest ist ein heißes Wirrwarr aus zwei Schwänzen, drei Zungen, ständigem Wechsel-Geknutsche und ziemlich wildem Vögeln mit dem Piraten, während ich zwischen den Beinen des Teufels liege.

Irgendwann müssen wir eingeschlafen sein, denn als ich am nächsten Morgen erwache, liege ich auf der Brust des Piraten und der Teufel in Löffelchenstellung hinter mir. Wir sind alle drei nackt. Ich schlage die Augen auf und habe einen üblen Geschmack im Mund. Das Zimmer riecht nach muffiger Luft, schwere Vorhänge liegen vor den Fenstern, hinter denen man die ersten Sonnenstrahlen vermuten kann. Ich bleibe sekundenlang liegen und probiere, mich aus vier Armen zu befreien und zwischen zwei Körpern herauszuwinden, ohne irgendwen zu wecken. Ich setze mich im Bett auf und versuche, mich zu orientieren. Vor dem Bett liegt mein Kleid, auf dem Sessel in der Ecke des Zimmers erkenne ich meine Flügel und den roten Piratenhut. Leise stehe ich auf und angele mir ein paar Klamotten. Ich schnappe mir das rote Shirt, das der Feuerteufel gestern trug, und finde meine Unterwäsche in meinem Kleid. Leise öffne ich die Tür und stehe im Flur einer riesigen Altbauwohnung; ich weiß zunächst gar nicht wohin. Auf der rechten Seite gehen drei Türen ab, links steht nur eine Flügeltür offen. Ich schleiche den Flur entlang und finde beim zweiten Versuch das Badezimmer. Ich lasse mir kaltes Wasser ins Gesicht laufen und spüre starke Kopfschmerzen. Ich fülle einen Zahnputzbecher mit Wasser und trinke es auf ex.

Kurzentschlossen schlüpfe ich unter die Dusche und lasse kaltes Wasser auf meinen Kopf rieseln. Das tut wahnsinnig gut und ich versuche, an gar nichts zu denken. Doch immer wieder blitzen heiße Szenen der vergangenen Nacht auf, wie ich zwischen den Schenkeln des Teufels liege und vom Piraten geleckt werde. Wie ich einen Schwanz in der Hand und den anderen im Mund habe. Oh Gott, Wodka-Ahoi macht mein Leben zum Pornofilm.

Ich schüttele all die Gedanken ab und steige aus der Dusche. Ich greife mir das nächstbeste Handtuch und wickele mich darin ein, nehme die Klamotten mit und schleiche zurück ins Schlafzimmer. Die Jungs schlafen beide noch. Der Pirat liegt auf dem Bauch und atmet gleichmäßig, der Teufel hat sich in Embryostellung zusammengerollt und schnaubt beim Ausatmen. Leise suche ich meine Klamotten zusammen und ziehe mich an. An der Tür stehend, werfe ich noch einmal einen Blick zurück auf zwei athletische Körper, die sich einvernehmlich das Bett teilen, und muss dann doch lächeln. Ich ziehe die Schlafzimmertür zu und will schon die Wohnung verlassen, überlege es mir aber doch noch einmal anders.

Neben der Wohnungstür ist die Küche und ich hinterlasse eine Nachricht auf einer alten Brötchentüte: »*War fantastisch mit euch, Jungs. Aber Deal ist Deal.*«

Zufrieden ziehe ich die Wohnungstür hinter mir zu und ziehe mir im Treppenhaus meine Stiefel an. Ich krame in meiner Jackentasche nach Geld und finde zwanzig Euro. Super.

Als ich auf der Straße stehe, fällt mir ein, dass ich keinen Schimmer habe, wo ich bin. Es ist erst acht Uhr morgens an einem Feiertag, die Sonne blendet mich und mein Kopf scheint zu platzen. Zudem weht ein kalter Wind durch mein nasses Haar und ich will nur noch nach Hause. Ich suche ein Straßenschild und rufe ein Taxi.

Zehn Minuten später bin ich zu Hause und falle todmüde in mein eigenes Bett – rundum zufrieden, dass ich es mit niemandem teilen muss.

3. März, 23.55 Uhr

»Wow!« Paul ist beeindruckt. »Charlie, du hast mir nie von deinem Dreier erzählt.«

»Ich weiß, es ist auch nichts, auf das ich stolz bin.«

»Aber warum denn nicht? Das ist doch superscharf.«

»Ja, aber es hat irgendwie doch den bitteren Nachgeschmack, dass man geteilt worden ist. Ich weiß nicht, es war auf jeden Fall eine Erfahrung, aber nichts, womit ich angeben möchte.«

»Hast du die Jungs denn wiedergesehen?«

»Um ehrlich zu sein: ständig. Wir laufen uns immer wieder über den Weg, was die Sache nicht wirklich besser macht. Zum ersten Mal sind wir uns nur wenige Wochen später im Tacheles begegnet. Beide waren zunächst angepisst von der Tatsache, dass ich einfach abgehauen bin. Aber für mich war das eine einmalige Kiste und das habe ich ihnen auch gesagt. Daraufhin haben sie mir ihre Nummern aufgeschrieben, ohne Namen versteht sich, damit ich mich jederzeit melden kann, falls ich mal wieder Bock auf sie habe.«

»Und?«

»Ich habs nie getan, aber eigentlich ist es ganz nett zu wissen, dass da draußen zwei Jungs sind, die nur darauf warten, wieder mit mir ins Bett zu steigen. Das hat sich jetzt aber auch erledigt«, sage ich mit einem Blick auf meinen Bauch und seufze.

»Komm schon«, lacht Paul, »das Leben ist doch noch nicht vorbei. Sag mal, hast du dir eigentlich überlegt, wie es jetzt weitergeht? Also ich meine, nachdem du Felix gefunden hast. Jobtechnisch und so. Und da sind ja noch deine Eltern, denen musst du das auch erzählen.«

Daran habe ich noch gar nicht gedacht: »Oh Gott. Meine Eltern. Das kann ich ihnen nicht sagen. Ich kann ihnen doch nicht sagen, dass ihre einzige Tochter von einem One-Night-Stand geschwängert wurde, das ist ja furchtbar.«

»Aber du musst es ihnen früher oder später erzählen.«

»Oder: Ich warte, bis das Baby groß genug ist, und dann soll das Baby es ihnen erzählen.« Ich lache.

»So ein Quatsch! Und überhaupt: Dann sind sie ja sauer auf das Baby.«

»Das ist dann Babys Problem.«

»Charlie«, Paul schaut mich besorgt an.

»Ja, schon gut, aber das hat noch Zeit. Erst mal muss ich am Montag zum Arzt. Ich weiß ja gar nicht, was jetzt alles auf mich zukommt. Jobtechnisch wiederum mache ich mir keine Sorgen. Ich habe einen unbefristeten Vertrag. Soweit ich weiß, ist es kein Problem, Elternzeit zu nehmen. Aber Paul, ich muss jetzt erst mal einen Schritt nach dem anderen machen. Schritt eins ist es, Felix zu finden. Alles andere ergibt sich schon so, wie es sein soll.«

»Dafür bist du ja jetzt hier. Und vielleicht kommen du und ich in diesem Leben auch irgendwann noch mal hier rein.« Paul deutet auf die Schlange vorm Räng Teng Teng, die immer noch ewig lang ist und sich keinen Meter zu bewegen scheint.

»Paul, kannst du dir mich mit einem Baby vorstellen?«, frage ich und kaue auf meiner Unterlippe.

»Um ehrlich zu sein, Charlie, kann ich mir dich nur schwer ohne Baby vorstellen.«

»Was? Wie bitte?«

»Im Ernst, ich habe darüber nachgedacht, ich glaube, dass der Zeitpunkt gar nicht so verkehrt ist. Weißt du, seit geraumer Zeit beobachte ich, wie du nicht wirklich glücklich zu sein scheinst. Ich habe das Gefühl, dass du immer auf der Suche bist nach irgendwas, was alldem einen Sinn gibt. Du weißt, dass du keine zwanzig mehr bist. Du wartest auf das, was das Leben dir gibt, und das ist vielleicht ein Kind. Sicher wäre es besser, wenn du auch Mann und Liebe dazu hättest, aber ich glaube, dass du das wunderbar auch so meistern kannst.«

»Im Ernst?« Ich bin den Tränen nahe.

»Absolut. Ich habe mir bereits Sorgen gemacht, weil du so ruhelos wirkst. Steffi heiratet dieses Jahr. Bea traut sich sowieso nicht und hält es nie lange irgendwo aus. Und für mich kommen Heirat und Kinder auch nicht infrage. Aber du bist anders. Du bist angekommen im Berufsleben, du hast deinen Alltag ordentlich im Griff, du weißt, wo es hingehen soll eines Tages. Es scheint, als würdest du nur darauf warten, dass irgendwas passiert, das dich wachrüttelt, das dich mitnimmt und endlich mal richtig bewegt. Etwas, das sich auch am nächsten Morgen noch gut anfühlt. Etwas, wofür es sich zu leben lohnt. Und das kann nun mal nicht immer nur der nächste Fick mit irgendeinem Kerl sein. Nicht für dich. Ich wusste nie, was es ist, das dich ausgleichen und zur Ruhe bringen könnte. Aber als du mich heute angerufen hast, habe ich sofort gedacht, das könnte es sein. Das ist vielleicht endlich das, worauf du schon so lange wartest.«

Mir wird schwindelig. Ich weiß, dass Paul recht hat. Ich weiß, was er meint, wenn er sagt, ich sei ruhelos. Zum ersten Mal verspüre ich so etwas wie Freude auf das, was passieren wird.

»Danke!« Ich umarme Paul und gebe ihm einen Kuss auf die Wange.

»Ist ja schon gut«, murmelt er.

Es ist immer etwas merkwürdig, Paul zu umarmen. Über Umarmungen sind wir niemals hinausgekommen. Nachdem ich ihn direkt bei unserer ersten Begegnung habe abblitzen lassen, hat er es zwar noch ein paar Mal versucht, aber nie einen Stich gelandet. So wurden wir eben Freunde. Und es gab zwischen uns nur einen einzigen verhängnisvollen Moment, damals, als ich rotzbesoffen im Irish Pub einen Kerl anpöbelte. Das, was ich von diesem Tag noch in Erinnerung habe, ist vor allem, dass er furchtbar war. Es fing damit an, dass ich einen Rüffel von meinem Professor bekam, weil ihm meine Hausarbeit nicht gefiel. Ich war von mir selbst enttäuscht, Kritik an meiner akademischen Leistung war ich nicht gewohnt und ich war so sauer und traurig, dass ich beinahe im Uniflur losgeheult hätte.

Charlie, Florian und Paul

August vor sechs Jahren

Direkt nach diesem unangenehmen Gespräch mit meinem Professor schnappe ich mir meine Tasche und laufe Richtung Mensa. Dort sitzen Steffi und Bea draußen auf den Bänken, die Sonne scheint und es ist ein richtig schöner Spätsommertag.

»Lotta, was ist denn mit dir los?«, fragt Steffi.

»Ach nichts, nur Ärger mit dem Prof«, maule ich und setze mich zu den beiden.

»Oh, oh, das ist etwas, das unser Sonnenschein gar nicht abkann«, lacht Bea und zwickt mich liebevoll in den Oberarm. »Süße, das kriegen wir schon hin. Worum gehts denn?«

»Ach, er sagte, meine Hausarbeit sei nicht gut recherchiert und ich hätte einen wichtigen Punkt gänzlich nicht beachtet und … Wisst ihr was, ich mag nicht darüber reden.«

»Kein Ding, Liebes, aber das klingt alles nicht nach Weltuntergang«, sagt Steffi.

»Weiß ich«, grummele ich und stoße den Salzstreuer um, als ich nach Beas Zigarettenpackung greife. »Auch das noch.« Ich wische das Salz vom Tisch, streue ein paar Körner auf meine Hand und werfe sie über meine linke Schulter.

Ich zünde mir eine Zigarette an und blase Rauch aus der Nase: »Genug von mir. Was gibts bei euch Neues, Mädels?«

»Ich habe mit Nico Schluss gemacht«, sagt Bea und zieht sich die Lippen nach.

»Warum denn?«, frage ich überrascht. Nicolas ist ein lieber Kerl, seit einem halben Jahr habe ich Bea kaum ohne ihn gesehen. Er hat sie auf Händen getragen und ihr jeden Wunsch von den Augen abgelesen. Dennoch schien er kein langweiliges Hündchen zu sein, sondern hat mehr als einmal Sinn für Humor bewiesen und uns immer wieder mit tollen Ideen überrascht. Nico ist ein großer hübscher Kerl mit tiefbraunen Augen, er ist mit vier Schwestern aufgewachsen und weiß nur zu gut, wie man mit Frauen umzugehen hat. Er war mit seinem klugen Witz in unserem Freundeskreis vom ersten Moment an beliebt.

»Nico ist einfach zu lieb«, seufzt Bea und zuckt mit den Schultern.

»Bea, du kannst doch nicht immer über die Arschlochmänner herziehen und dann den ersten Kerl, der dir wirklich guttut, sofort in den Wind schießen«, rüffelt Steffi und löffelt Schaum von ihrem Milchkaffee. Sie leckt den Löffel ab und fragt: »Was hat er denn getan?«

»Er hat gar nichts getan. Und das ist ja das Problem: Er macht nie irgendetwas von allein. Immer muss ich alles entscheiden: Was gibts zum Abendessen? Gehen wir ins Kino oder gehen wir tanzen? Fahren wir am Wochenende weg oder bleiben wir hier? Liege ich oben oder er? Verdammte Scheiße.« Bea schnaubt, drückt ihre Kippe aus und zündet sich direkt eine neue an. »Er muss verdammt noch mal selbstständiger werden, so werde ich noch verrückt. Ich habs einfach nicht mehr ertragen, dass er seinen verdammten Arsch nicht von allein hochbekommt.«

»Aber er war wirklich so lieb zu dir«, sagt Steffi.

»Meine Oma hat mal gesagt, das Geheimnis einer glücklichen Beziehung sei, dass immer einer mehr liebt als der andere. Und warum sollte das nicht auch mal der Mann sein? Nur: Das reicht manchmal einfach nicht«, sage ich und schaue Bea an. Ihre Augen funkeln.

»Nein, das reicht manchmal nicht«, schnauft sie.

»Das ist das Geheimnis einer glücklichen Beziehung?« Steffi lacht. »So ein Quatsch.«

»Ach ja? Und was ist deiner Meinung nach das Geheimnis, Frau Dr. Sommer?«

»Es gibt kein Geheimnis, und das ist das Geheimnis. Man muss sich einfach trauen loszulieben. So einfach ist das.« Steffi lächelt versonnen und leckt sich Schaum von der Unterlippe.

»Das ist ein verdammter Mist. Mir reicht das nicht. Mir reicht es nicht, wenn mich jemand so sehr liebt, dass er alles tut, was ich sage. Verfickte Scheiße, ich will das ganz Große: Liebe mit Glitzer obendrauf.« Bea streicht sich die Haare aus der Stirn und schaut mich an. »Aber Lottababe, erzähl doch mal, wie läufts denn bei dir und Florian?«

»Wer ist denn Florian, hab ich was verpasst?«, fragt Steffi erstaunt und lehnt sich interessiert nach vorn.

»Ach, so ein Kerl, den ich vor zwei Wochen kennengelernt habe. Ganz süß.«

»Schätzchen, du bist wahrscheinlich die Einzige, die eines Tages von ihrem eigenen Leben unterwältigt wird, wenn du so weitermachst«, sagt Bea und zu Steffi gewandt: »Florian hat Lotta auf der Rolltreppe im Karstadt angesprochen, nachdem er ihr durch die halbe Stadt gefolgt war, und nicht lockergelassen, bis sie sich auf einen Kaffee hat einladen lassen. Florian ist Kinderarzt an der Uniklinik und wirklich beeindruckend süß.«

»Das klingt doch super, was läuft denn zwischen euch?«

»Nun ja, wir haben uns ein paar Mal getroffen und das Angenehmste an ihm ist, dass er sich regelmäßig und von ganz allein meldet, er antwortet auch sofort auf meine SMS und gibt sich überhaupt viel Mühe, mich zu sehen. Er hat auch sein eigenes Leben, er geht klettern und Gleitschirm fliegen, wenn er dafür Zeit hat. Bisher habe ich es jedenfalls nicht bereut, mich auf ihn eingelassen zu haben.«

»Und sextechnisch?«

»Hervorragend«, lächele ich. »Es macht wahnsinnig viel Spaß, weil …« Ich werde mitten im Satz von einem blassen Mädchen unterbrochen, das plötzlich an unserem Tisch auftaucht. »Entschuldige, aber ich konnte nicht anders und habe eure Unterhaltung mit angehört«, sagt sie mit zittriger Stimme. »Ist das der Florian, von dem du sprichst?« Sie hält mir ein verwackeltes Handyfoto auf ihrem Sony Ericsson hin.

»Äh, ja, aber was zum Teufel?«, sage ich und weiß es schon. Mir wird heiß.

»Das ist mein Freund«, schreit das Mädchen. »Wir wollen bald heiraten.« Sie bricht in Tränen aus.

»Ich, oh Gott, Entschuldigung. Ich wusste nicht, dass er …«

Steffi schaut besorgt von mir zu dem Mädchen, sie zieht einen Stuhl heran und fragt: »Magst du dich nicht erst mal setzen, du siehst gar nicht gut aus.«

Bea zieht die Augenbrauen zusammen und die Nase kraus, ihr gefällt Steffis Vorschlag nicht. Ihr ist diese Fremde völlig egal, sie macht sich Sorgen um mich.

Aber das Mädchen möchte sich ohnehin nicht hinsetzen. »Dieser elende Mistkerl, der kann was erleben!«, schnaubt sie. Sie schnappt sich ihre Tasche vom Nebentisch und verfängt sich mit ihrem Schal im Stuhl, entnervt reißt sie ihn aus den Holzlatten und stapft davon. Plötzlich hält sie inne und dreht sich noch mal um: »Wie heißt du? Ich will ihm an den Kopf werfen, dass ich alles weiß.«

»Charlotte. Und entschuldige«, sage ich, da ist sie auch schon weg.

»So eine verdammte Scheiße«, murmelt Bea und schaut mich an: »Wie gehts dir?«

»Ich schätze, ich bin eben mal wieder unterwältigt worden«, sage ich und zucke mit den Schultern. Scheißkerl. Scheißkerle.

Am selben Abend treffe ich Paul im Irish Pub und fülle mich ordentlich ab. Um zwei Uhr morgens bin ich voll wie schon lange nicht mehr.

»Nach zwei Uhr morgens geschieht nichts Gutes«, lalle ich. »Steffi sagt immer, alles was nach zwei Uhr morgens passiert, ist vollkommen unnötig.«

»Zwei Uhr hin oder her, Charlie, du bist granatenvoll, wir sollten wirklich gehen.«

»Ich will jetzt aber nicht gehen. Ich will mehr Bier«, protestiere ich und hebe die Hand Richtung Tresen. »Two more, please!«

Das Bier schwappt aus den Gläsern, als uns der Barkeeper zwei Pints vor den Latz knallt. »Guys, we are almost closing. That's the last call.«

»Okay, okay, dude«, singe ich und schlürfe Bier aus dem Glas, ohne es von der Theke zu heben.

»Paul, kannst du mir sagen, was mit diesen Scheißkerlen los ist? Warum verdammt noch mal ist Florian so ein Arschgesicht? Hmmm? Hmmm?«

»Charlie, manche Männer wissens einfach nicht besser. Sie fühlen sich wohl in ihrer Beziehung, aber dennoch fehlt ihnen etwas. Etwas Neues, Aufregendes. Und da kommt eine wie du gerade recht. Ein Mädchen, das so angenehm unverbindlich wirkt, mit der man Spaß haben kann, ohne sie gleich zu heiraten.«

»Willst du damit etwa sagen, dass ich leicht zu haben und kein Heiratsmaterial bin?«

»Nein, das will ich damit nicht sagen«, sagt Paul genervt und versucht, mir das Bier abzunehmen.

»Hee!« Ich reiße ihm das Bier aus der Hand und nehme einen großen Schluck.

»Hey awesome.« Ein großer bulliger Typ stellt sich neben mich und begutachtet mich von oben bis unten. »I must be in heaven, because you are definitely an angel«, schnorrt er und streicht sich übers Kinn.

»Yes, you are right. I died fifteen years ago, together with this damn old crappy pick-up line«, schimpfe ich.

Paul prustet in sein Bier und der Typ starrt mich entgeistert an. Mit mir ist heute nicht gut Kirschen essen, zudem bin ich sowieso meist ziemlich rüde, wenn ich betrunken bin, vor allem nach einem Tag wie heute. Dieser Scheißkerl kann mir genauso gestohlen bleiben wie alle anderen momentan auch. Ich drehe mich um. Doch er gibt so schnell nicht auf und greift an meine Schulter.

»Hey sweetie, what's up?«

Das ist zu viel, jetzt fasst er mich auch noch an: »Go and fuck yourself, asshole.«

»Come on, I just tried to be nice.«

»You are not nice, you are a fucker. You know what? Fuck yourself!«

»Charlie!« Paul versucht, mich vom Stuhl hochzuziehen, er merkt, dass die Stimmung des Mannes kippen wird.

»I am serious.« Ich schreie fast und stehe auf. »Fuck yourself, asshole!«

Der Typ ist sichtlich überfordert, längst hat er seine Hand von meiner Schulter genommen und geht nun einen Schritt auf mich zu. »Watch what you're saying, sweetheart.«

»FUCK. YOUR. SELF.«

Paul packt mich mit der einen Hand, unsere Mäntel mit der anderen und zieht mich aus dem Laden.

»Du bleibst jetzt hier sitzen, ich gehe rein und bezahle. Verdammt, Charlie!« Er ist richtig sauer. Ich setze mich auf den Bordstein und vergrabe meinen Kopf in den Händen. So ein Scheißtag!

Als Paul zurückkommt, setzt er sich neben mich. Ich lasse meinen Kopf auf seinen Schoß fallen und lalle »Immer die Falschen, Paul. Falsche Flaschen, wohin man schaut«.

Er legt seine Hand umständlich auf meine Stirn und schaut mich an. »Charlie, das wird schon.«

Ich greife mit einem Arm nach oben und ziehe sein Gesicht zu mir. Er ist mir jetzt ganz nah, unsere Lippen berühren sich beinahe und er schaut mir in die Augen. Ich stelle erstaunt fest, dass er nach gar nichts riecht. Paul riecht weder nach Bier oder Rauch, nicht nach Seife, Parfum oder Shampoo, er riecht einfach gar nicht. Ich blinzele verwundert, schaue ihn noch einmal an und lasse ihn los.

»Lieber nicht«, murmele ich und versuche aufzustehen.

»Ich bring dich jetzt nach Hause«, sagt Paul und winkt uns ein Taxi.

4. März, 00.05 Uhr

Es bewegt sich immer noch nichts Richtung Great Räng Teng Teng und ich werde langsam nervös.

»Was mache ich jetzt eigentlich hier?«, frage ich.

»Du gehst rein, findest den Verantwortlichen, das müsste Rainer sein, und fragst nach der Band. Ganz einfach«, sagt Paul. »Wie heißen die noch gleich?«

»Bad conscience.«

»Oh. Entschuldigst du mich kurz?« Paul richtet den Kragen seines Mantels, steckt sich eine Zigarette an und marschiert zu einer Mädelsgruppe. Paul raucht eigentlich nicht. Er tut es nur, wenn es zu der Rolle passt, die er einnimmt. Ich schaue ihm nach und sehe, wie er sich lässig gegen eine Hausmauer lehnt und die Beine überkreuzt. Er sieht aus, als würde er auf jemanden warten, und lässt seinen Blick ruhig durch die schmale Gasse streifen, in der das Räng Teng Teng liegt. Er steht so nahe bei den Mädchen, dass ich mir sicher bin, dass er jedes Wort versteht und für sich zu nutzen weiß. Und nur wenige Minuten später ist er tatsächlich im Gespräch mit einer schlanken Braunhaarigen. Sie wirft den Kopf zurück und strahlt Paul an. Paul schnickt die Zigarette weg und wendet sich ihr zu, ich sehe nur noch seinen Rücken.

Endlich bewegt sich die Schlange und ich komme ein paar Schritte vorwärts.

»Na, Schneckle?«

Neben mir taucht ein junger Typ auf, schätzungsweise Anfang zwanzig, er trägt Wollmütze, Kapuzenpullover und Sneakers und schaut mich an.

»Bisch allein?«

Das Schlimmste an den Freiburger Jungs ist eindeutig ihr Dialekt. Egal wie sexy sie sich bewegen und wie scharf sie aussehen, der badische Singsang macht all das zunichte.

»Nein, bin ich nicht«, sage ich unfreundlicher, als es klingen sollte.

»Isch ja gut. Aber wennd willsch, kannsch mit uns noch ein Bierle trinken, Mädle. Mir sin drin«, sagt er und drückt sich an den Leuten im Eingang vorbei. Ich werfe einen Blick zurück zu Paul, er hat mittlerweile den Arm um seine Eroberung gelegt und schaut sie von oben herab interessiert an, als sei sie sein neuestes Fundstück.

»Warte«, rufe ich und der Typ dreht sich um. »Nimmst mich mit rein?«

»Sicher, Mädle. Kommsch einfach mit mir.« Er streckt die Hand nach mir aus, ich ergreife sie dankbar und wir gehen gemeinsam an der Schlange vorbei. Am Eingang angekommen, wendet er sich an den Türsteher: »Eddy, sie gehört zu mir.«

Ich lächele den Türsteher an, der uns nickend vorbeilässt, und stolpere dem Kerl hinterher.

»So, Mädle. Nun auf ein Bier?«

»Sorry, ich trinke heute nichts. Aber vielen Dank fürs Mitnehmen.« Ich lächele ihn an. Verdammt, hätte ich ihn gestern getroffen, würde diese Geschichte enden, wie sie immer geendet hat: zahllose Biere und Wodkas an der Theke, Geplänkel mit ihm und seinen Freunden, später wildes Rumgeknutsche und morgen wäre ich neben ihm in seinem getragenen Killers-

Shirt in seiner Studentenbude aufgewacht. Ich kenne solche Morgen zur Genüge: Völlig verkatert erwacht, sitzt du in einer fremden Küche und trinkst viel zu starken Kaffee aus viel zu dreckigen Bechern. Der Magen rebelliert und das Herz hüpft ein wenig. Nicht wegen der Schmetterlinge im Bauch, sondern wegen eines Abenteuers, das dich für eine Nacht in die Arme eines anderen getrieben hat, die so bärenstark waren, dass du sie nicht sofort loslassen möchtest. Und ganz selten lässt dich dieses Gefühl auch tagelang nicht los. Das hat dann gar nichts mit diesem einen Kerl oder dieser einen Nacht zu tun, sondern nur damit, dass es dir einen Abend lang richtig gut gegangen ist. Das letzte Mal ging mir das so mit Max. Max, dem Basketballspieler, Max, dem Koch, Max, dem Exfreund meiner Kommilitonin.

Lotte und Max

April vor drei Jahren

»Lotta«, flüstert Bea. »Exfreunde sind tabu.«

»Ich weiß. Aber zwischen Max und mir hats schon immer geknallt«, seufze ich und lecke Bier von meinen Lippen. Wir sind auf einer WG-Einweihungsparty, es ist kurz vor 23 Uhr und so voll, dass man kaum noch durchkommt. Die Menschen stapeln sich in der Küche, im Wohnzimmer und im Flur. Es ist laut und stickig und ich kenne außer Bea und Paul fast niemanden. Bis auf Max.

Unschlüssig hüpfe ich von einem Bein aufs andere und halte mich an meinem Beck's fest. Ich schiele über die Schulter und sehe ihn bei seinen Kumpels stehen.

Paul steht am Eingang, legt sich gerade die Jacke in den Arm und hält im anderen Lisa, eine der Gastgeberinnen. Sie kichert und beide verlassen die Wohnung. Ich habe Paul noch nie knutschen sehen. Ich habe ihn mit unzähligen Frauen beobachtet, mit älteren und jüngeren, brünetten, blonden, rothaarigen, eine hatte sogar eine Glatze, mit Lehrerinnen, Anwältinnen, Punks, Studentinnen, Fleischereifachverkäuferinnen und Buchhändlerinnen, mit Schwestern von Freunden, mit Mitbewohnerinnen von Kommilitonen und unendlich oft mit der Bedienung der Bar, in der wir gerade waren.

Aber noch niemals habe ich mehr Körperkontakt zwischen ihm und seinen Frauen gesehen als den unschuldigen Arm auf der Schulter oder die vielversprechende Hand auf dem Bein.

Max zwinkert mir zu und mir rutscht das Herz in die Hose. Wir kennen uns jetzt seit über sieben Jahren und in sechs davon war er mit Laura zusammen. Er war der perfekte Freund: immer da, aber nie aufdringlich. Liebevoll, aber nicht anstrengend. Freiheitsliebend, aber nicht bindungsscheu. Außerdem hat er ein Grübchen im Kinn, das mich schon immer ganz wuschig gemacht hat. Aber er war nun mal Lauras Freund und als solcher tabu. Und da funktioniere ich recht gut: Vergebene Männer interessieren mich nicht. Sie werden unsexy in ihrer Unerreichbarkeit. Dass Max ein interessanter Kerl war, ist mir zwar nie entgangen, dennoch dauerte es nach der Trennung fast ein Dreivierteljahr, bis ich feststellte, dass mir warm wird, wenn ich ihn sehe.

Als er heute auf der Party aufgetaucht ist, hat mich das richtig gefreut. Wir haben außer einem kurzen Hallo noch kein Wort gewechselt, aber Bea entgeht mein sehnsuchtsvoller Blick nicht. Das tut er nie.

»Lotta«, mahnt sie mich. »Das bringt Unglück.«

Das glaubt sie tatsächlich. Bea kann man weder mit Moral noch mit Anstand kommen, aber manche Dinge beeinflussen aus ihrer Sicht das Karma und bringen Unglück. Vergebene Männer, ungewaschenes Bettzeug und nicht zueinanderpassende Unterwäsche zum Beispiel.

»Bea, ich weiß, aber es ist Max. Hach«, schmachte ich und blinkere mit den Wimpern wie ein kleines Mädchen. »Der Typ ist der Hammer.«

»Lotta.« Plötzlich steht er neben mir und ich werde sogar ein bisschen rot.

»Ja?«

»Gehen wir eine rauchen?«

»Gern.« Ich nicke Bea entschuldigend zu, sie winkt mit erhobenem Zeigefinger und lacht dabei, und wir verlassen den Raum.

»Wollen wir nach unten auf die Straße? Hier ist es so voll«, fragt er.

»Okay«, sage ich und laufe ihm hinterher. Ich steige über Beine und Mäntel, über knutschende Paare und unzählige Stiefel.

Im Treppenhaus sprechen wir kein Wort. Unten angekommen, nestelt er ein Päckchen Lucky Strike aus der Jeanstasche und streckt mir die offene Packung hin. Ich zünde mir die Kippe an und reiche ihm die Flamme. Er umfasst meine Hände, um den Wind abzuhalten, zieht an der Zigarette, wobei seine Wangenknochen noch stärker hervortreten als sonst, und schaut mir dabei in die Augen.

Ich blase Rauch aus, versuche, so lässig wie möglich zu wirken und lehne mich gegen die kalte Hauswand. Es ist zwar noch nicht ganz dunkel, aber die Nacht legt sich langsam über die Stadt.

»Wir haben uns ewig nicht gesehen«, sagt Max.

»Ich weiß. Wie geht es dir denn?«

»Wirklich gut.« Er steckt seine Hände in die Hosentaschen. »Und dir?«

»Alles super.«

»Triffst du dich noch mit Carl?«

»Nein, schon eine ganze Weile nicht mehr.«

Entweder bilde ich mir das ein oder da ist eben wirklich ein Funke in Max' Augen aufgeblitzt. Er lächelt und mir wird trotz des kalten Windes wieder warm. Jetzt oder nie, Lotta. Ich trete einen Schritt nach vorn, lege einen Arm um seine Hüfte und schaue ihn von oben nach unten an. Ich lege den Kopf schief und mache mich noch ein wenig kleiner, indem ich meine Knie leicht einknicke. Er stellt sich ein kleines bisschen mehr breitbeinig hin, blickt auf mich herab und verzieht die Mundwinkel zu einem Lächeln, das mehr ein Grinsen ist. Ich hebe den Kopf und er küsst mich. Es ist sogar besser, als ich erwartet habe. Es ist zärtlich, dabei aber wild genug, um dafür zu sorgen, dass mir noch wärmer wird. Er legt seine Hand in meinen Nacken und zieht mich zu sich hoch, ich schlinge beide Arme um seine Hüfte und lasse sie weiter nach unten gleiten, um seinen Hintern in der Jeans zu fühlen. Er drückt mich an sich, ganz fest, und ich fühle mich unendlich wohl in seinen Armen.

»Gehen wir?«, frage ich, als wir kurz Luft holen.

»Zu mir?«

»Oh ja!«

Wir machen auf der Straße kehrt und gehen einfach, ich gebe noch nicht mal Bea Bescheid, sie wird schon wissen, wo ich abgeblieben bin. Max hält mich im Arm, als wir die Straße entlangspazieren, und drückt mich fest an sich. Das fühlt sich gut an. Es fühlt sich an, als würden wir zusammengehören. Als wäre das hier die normalste Sache der Welt und nicht bloß ein Partyaufriss unter vielen.

Max wohnt allein. Wir öffnen die Tür, er macht das Licht an und wir stehen unschlüssig im Flur.

»Möchtest du ein Glas Wein oder so?«

»Ja, gern«, sage ich. Und dich dazu, nackt serviert auf meinem Bauch, denke ich, und lächele in mich hinein. Ich liebe diese Momente, diese Phase kurz bevor es spannend wird, den Ich-hab-gleich-Sex-Moment. Wir setzen uns im Wohnzimmer auf ein beigefarbenes Ledersofa, aber es ist plötzlich irgendwie die Luft raus. Wir trinken Weißwein aus hohen, dünnen Weingläsern und schauen auf eine weiß-schwarze Wohnwand mit Flachbildfernseher, DVD-Player, Festplattenrecorder und sonstigem korrekt verstauten technischen Schnickschnack. Ich kenne diese Wohnung noch nicht. Laura und Max haben in einem süßen Fachwerkhaus in der Stadtmitte gelebt, das hier ist neu. Als könne er meine Gedanken lesen, erklärt Max, dass das nicht seine Möbel seien. Er wohne übergangsweise in einem möblierten Appartement, bis er etwas Eigenes gefunden habe. Sein »Das war schon so« klingt wie die Entschuldigung eines kleinen Jungen, der beteuert, er habe das Spielzeug wirklich nicht kaputt gemacht.

Ich bin erleichtert und er sieht es mir an.

»Ich würde mir niemals eine Schrankwand kaufen.«

»Besser ist das«, sage ich.

»Und auch keine Couchgarnitur.«

»Couchgarnitur! Da fehlt dann noch die massive Holzeckbank in der Küche und Eiche rustikal im Schlafzimmer«, lache ich und die Stimmung ist wieder da. Er legt eine Hand auf mein Bein und ich schaue ihm in die Augen. Ich beuge mich nach vorn und beginne, sein Hemd aufzuknöpfen. Ganz langsam. Jeden Zentimeter Haut, den ich freilege, berühre ich mit meiner Zunge. Er schließt die Augen und lehnt sich zurück. Ich ziehe sein Hemd nun komplett aus und lecke von seinen Brustwarzen bis zum Knopf seiner Jeans. Ich blicke hoch, ziehe mein Oberteil über den Kopf und knöpfe seine Hose auf. Sein Schwanz wartet auf mich. Ich nehme ihn in den Mund, Max legt den Kopf in den Nacken und seine Hände in meine Haare. Er schmeckt sauber und beult sich hart unter meiner Zunge. Er zuckt, zieht die Beine an und hält es irgendwann gar nicht mehr aus, er reißt mich hoch, wirft mich aufs Sofa und liegt über mir. Er küsst mich wild und ich umschlinge ihn mit meinen Beinen. Er schiebt meinen Rock hoch und seine Hand zwischen meine Beine. Geschickt zieht er meinen Slip aus.

»Kondome«, keuche ich.

»Warte.« Er steht auf und verschwindet aus dem Zimmer. Ich streiche mir die Haare aus dem Gesicht und kreuze die Beine. Ich hasse diese Unterbrechungen. Ich hasse es, nackt in einer fremden Wohnung zu liegen und auf den Typen zu warten, der Gummis holen geht. Max ist aber in wenigen Augenblicken zurück und lächelt, als er den Raum betritt. Er hat ein Päckchen Billy Boys White in der Hand und kommt zu mir ans Sofa. Er geht in die Knie und setzt sich neben mich. Ich stütze mich auf den Ellenbogen ab, lege den Arm um seinen Hals und schaue ihn fragend an.

»Max?«

»Lotta, bist du dir, ähem, also sicher?«

»Ja!«, sage ich und lächele. »Ganz sicher.«

»Gut«, sagt er erleichtert und küsst mich. Es ist zärtlicher Sex, fast wie in einer Beziehung. Er schaut mir die ganze Zeit in die Augen, bewegt sich sanft und fast vorsichtig – und es macht mir Spaß, sehr sogar. Es ist innig und nah, heiß und romantisch. Wir verbringen die Nacht in seinem Bett, eng aneinandergekuschelt, und lassen uns bis zum nächsten Morgen gar nicht mehr los. Ich erwache mit einem guten Gefühl in seinen Armen und kuschele mich noch ein wenig näher an ihn. Doch das gute Gefühl verfliegt schnell. Viel zu schnell.

Bloß nicht verlieben, Lotta, denke ich, als ich merke, dass mein Herz einen kleinen Hüpfer macht. Egal was die Leute so sagen, es sind wirklich Schmetterlinge im Bauch, ein flaues, aufgeregtes Gefühl in der Gegend unter dem Herzen, das sich nicht kontrollieren lässt – dabei versuche ich das doch schon so lange. Nicht verlieben! Nicht in Max. Nicht jetzt.

»Scheiße«, murmele ich.

»Was?«, nuschelt Max schlaftrunken und zieht mich noch enger an sich.

»Kaffee? Soll ich Kaffee kochen?«

»Bleib doch lieber noch ein bisschen liegen. Es ist so furchtbar früh.« Max wirft einen Blick auf seinen Wecker. 8.30 Uhr. Er sieht süß aus, seine Haare sind verstrubbelt, seine Augen klein und seine Züge sanft.

»Ich mach lieber Kaffee«, sage ich und stehe auf. Nicht verlieben. Verdammt noch mal, nicht verlieben. Bea hatte recht, es bringt Unglück, sich auf Jungs einzulassen, von denen man lieber die Finger lassen sollte. Ich stehe in der perfekt organisierten Ikea-Küche und suche die Pads für die Kaffeemaschine. Die dritte Schublade, die ich aufziehe, ist die richtige, und ich mache zwei Kaffee. Ich weiß, dass Max seinen Kaffee schwarz trinkt, ich weiß auch, dass er sagt, nichts dürfe seinen Kaffee berühren außer einem Löffel. Ich weiß sogar, dass er einmal gesagt hat, Milch ohne Kaffee sei ein absurdes Getränk. Ich kenne ihn einfach viel zu gut, ich weiß, dass er Basketball spielt, seit er 14 Jahre alt ist, obwohl er gerade mal 1,80 Meter misst und deshalb auf dem Platz immer zunächst misstrauisch beäugt wird, bevor er die Chance bekommt zu zeigen, was er wirklich kann. Ich weiß, welche Gewürze er zum Kochen nimmt und gegen was er allergisch ist. Ich kenne seinen Lieblingsfilm (*Face/Off*) und seine Lieblingsband (The Killers), ich kenne sogar seine Eltern. Und all das weiß ich, weil er sieben Jahre lang mit einer Freundin zusammen war, er gehörte zur Clique. Er war zwar mehr als ein Anhängsel, aber weniger als der Meinungsmacher. Und genau deshalb darfst du dich nicht verlieben, Lotta, impfe ich mir ein, schnappe die zwei Tassen, eine weiß, eine schwarz gefüllt, und gehe zurück ins Schlafzimmer. Max sitzt mit nacktem Oberkörper und Wuschelhaaren im Bett und wartet. Er sieht unschuldig aus und lieb. Mich sticht etwas in der Magengrube, ich nehme einen Schluck Kaffee im Stehen, reiche ihm die Tasse und ziehe mich an.

Ich murmele entschuldigend was von Terminen, meinen Vermietern und meiner Wohnung und verabschiede mich mit einem flüchtigen Kuss. Ich ziehe die Tür hinter mir zu und lehne mich dagegen. Verdammt, verdammt, verdammt.

Es hat fast ein halbes Jahr gedauert, bis ich nicht mehr ständig an ihn dachte. Doch manchmal kommt er mir auch heute noch in den Sinn – als eines der schönsten Erlebnisse der letzten Jahre. Verdammt!

4. März, 00.15 Uhr

Ich schüttele den Kopf und pelle mich aus meinem Mantel. Ich lege ihn über meinen Arm und gehe die Treppenstufen hinunter in den Club. Das Teng ist so voll, dass ich kaum bis zur Theke komme. Es riecht nach Bier und Fusel und mir dreht sich der Magen um.

Plötzlich merke ich, dass ich Hunger habe. Obwohl es mir jetzt erst auffällt, habe ich das Gefühl, dass mir der Magen schon die Kehle hochkriecht.

Überall stehen Grüppchen beisammen und brüllen sich an, weil man sein eigenes Wort kaum verstehen kann. Der DJ spielt irgendwelchen experimentellen Quatsch und die Tanzfläche ist eine wogende Masse ohne Gesichter, nur Haare, Beine und nackte Arme wehen durch die Luft.

Ich drängele mich an der Bar zwischen zwei Jungs durch und versuche, die Aufmerksamkeit des Barkeepers zu bekommen.

»Willst du was trinken?«, höre ich eine fremde Stimme neben mir.

»Nein, danke, heute nicht«, antworte ich.

»Dich hab ich gar nicht gemeint«, sagt der Kerl und schüttelt unwirsch den Kopf.

»Dann passt das ja ganz gut«, lache ich.

»Wie du meinst«, murmelt er und dreht sich um.

Ich habe in meinem ganzen Leben noch nie so viele Abfuhren bekommen wie im Great Räng Teng Teng. Ich habe keine Ahnung, woran das liegt, aber ich habe hier noch nie einen Kerl aufgerissen. Dabei sehe ich die Mädels um mich herum, wie sie einen nach dem anderen abknutschen, ich sehe, wie die Kerle, die allein gekommen sind, nie allein gehen. Ich sehe den DJ zwinkern und die Kellner flirten.

Aber für mich hat sich hier noch nie etwas ergeben. Paul hat im Teng wie überall anders auch eine Trefferquote, die mich ganz schwindelig macht, und Bea war nur einmal hier, hat aber am Kickertisch mit einem Kerl geknutscht und später einen anderen mit nach Hause genommen. Nur bei mir ist es anders, ich bin mehrfach böse abgeblitzt. Einer der härtesten Fälle davon war Steffen.

Lotte und Steffen

September vor zwei Jahren

Bea steht am Kicker und knutscht mit einem Studenten mit Wollmütze, und Paul redet mit einem Mädchen, das besser in eine Schickimicki-Highend-Bar passen würde, als im Räng Teng Teng einen Jägermeister nach dem anderen zu trinken. Und ich langweile mich an der Bar.

Der Kerl, mit dem ich gerade zwei Bier getrunken habe, steigt mittlerweile einem anderen Mädchen hinterher und ich starre Löcher in die Luft. Plötzlich bemerke ich, dass ich angeschaut werde. Ich hebe den Kopf, folge mit den Augen dem Gefühl und entdecke einen smarten Typen, schätzungsweise Anfang dreißig mit so hellen Augen, dass ich bis hierher sehen kann, wie blau sie sind. Er steht lässig gegen die Säule gelehnt, hält einen Gin Tonic in den Fingern und schaut mich an.

Ich überlege kurz, nehme noch einen Schluck Wodka, lächele und stelle mich neben ihn. Er bleibt stehen, blickt mich aber nur kurz an und macht keinerlei Anstalten, ein Gespräch mit mir beginnen zu wollen.

Ich puste mir eine Haarsträhne aus den Augen und schaue ihn an. Er schaut zurück, nickt, lächelt und schaut wieder auf die Tanzfläche.

Verdammt. Er ist kein Schönling, eher der Typ Bär. Aber irgendetwas habe ich an ihm gefressen und außerdem ist mir langweilig.

Wir stehen bestimmt zehn Minuten schweigend nebeneinander, bis ich halt irgendetwas sage: »Gin?«

»Wie bitte?«

»Trinkst du Gin?«

»Ja.«

»Ich trinke Wodka.«

»Aha.«

Okay, das war wohl nichts, denke ich.

»Hab meine Freunde verloren«, sage ich.

»Hmm«, sagt er.

Meine Güte, das ist aber anstrengend.

»Hast du Feuer?«

»Klar.«

Er zündet mir die Zigarette nicht an, sondern drückt mir ein weißes Feuerzeug in die Hand.

»Danke.«

Und wieder kommt von ihm ein »Hmm«.

Ich habe keine Lust mehr und will schon gehen, als er doch endlich den Mund aufmacht. »Willst du noch einen?«

»Noch einen was?«

»Noch einen Wodka?«

»Gern.«

Er stößt sich von der Säule ab, geht zur Bar, winkt dem Barkeeper und kommt mit zwei Getränken zurück.

»Da.«

»Danke.«

Und wieder Schweigen.

»Bist du oft hier?«

Oh Gott, ich habe einen der miesesten Anmachsprüche überhaupt gebracht. »Bist du oft hier?« muss sich nur noch »Ach? Du auch hier?« und dem Alltime-Klassiker »Kenn ich dich nicht von irgendwoher?« geschlagen geben. Bea, Steffi und ich haben im zweiten Semester eine Liste mit den miesesten Anmachsprüchen aufgestellt und bis heute pflegen wir sie regelmäßig. Von »Dein Vater muss ein Dieb sein: Er hat dem Himmel die Sterne geklaut und in deine Augen gesetzt« bis zu »Wusste ichs doch, eindeutig made in heaven« oder »Kann ich deine Telefonnummer haben, ich habe meine verloren« kommen jedes Jahr neue Unsäglichkeiten hinzu. Klassiker wie »Bist du oft hier?« stehen noch nicht mal drauf, weil sie so dröge sind. Und ich benutze ihn tatsächlich. Ich möchte im Boden versinken. Aber er antwortet. »Heute zum ersten Mal«, sagt er und lehnt sich ein kleines Stück in meine Richtung. »Ich bin mit meinem Kumpel Jan da, der ist aber irgendwo auf der Tanzfläche.«

»Ich mag die Musik auch nicht.«

»Ich mag die Musik schon«, sagt er und trinkt einen Schluck Gin.

»Warum tanzt du dann nicht?«

»Ich tanze nicht. Wer tanzt, ist nur zu faul zum Saufen«, sagt er und lacht.

Ich lache nicht. So eine dämliche Einstellung.

»Und ich, ich bin nie zu faul zum Saufen. Warte eine Sekunde.« Er geht kurz und kommt mit zwei neuen Drinks zurück.

»Hier.«

Er drückt mir einen neuen Wodka in die Hand, dabei ist mein alter noch nicht einmal leer.

»Danke.«

Wir reden noch eine ganze Stunde, während der ich ihm allerhand Infos aus der Nase ziehen muss. Er beantwortet eine Frage und verstummt danach, keine Gegenfragen, kein Gespräch von seiner Seite aus. Doch dann sind wir beim Thema Sex und siehe da, es geht.

»Hast du schon einmal mit zwei Männern geschlafen?«, fragt er mich unvermittelt.

»Noch nicht.«

»Und? Was würdest du davon halten?«

»Ich finde die Vorstellung ziemlich heiß, muss ich sagen. Aber ich weiß auch von einigen Freundinnen, die das nicht so gern mögen. Sie sagen, sie seien überfordert.«

»Das kann ich mir vorstellen. Würdest du auch mit einem Mann und einer Frau schlafen?«

Ich überlege kurz: »Ja, würde ich. Aber nur wenn keine Gefühle im Spiel sind, von keiner Seite aus. Einen Mann, den ich wirklich gern mag, möchte ich mit niemandem teilen. Und der Stargast zu sein, also mit einem Pärchen zu schlafen, macht die Sache wahrscheinlich ziemlich kompliziert. Und du?«

»Hab ich noch nie, würde ich aber gern mal. Allerdings nicht mit einem anderen Mann. Das kann ich mir absolut nicht vorstellen.«

»Das können die wenigsten Kerle«, nicke ich.

»Aber mit zwei Frauen, das wäre schon ziemlich scharf.«

»Und das sagen die meisten Kerle.«

»Ist es ja auch.«

»Ich habe das noch nie verstanden«, sage ich. »Was ist so heiß daran, wenn es zwei Frauen miteinander treiben? In jedem guten Porno gibt es mindestens eine Lesbenszene. Was soll das? Wir Frauen findens ja auch nicht total antörnend, wenn es zwei Kerle tun.«

»Die Antwort ist die naheliegende«, sagt er. »Vier Titten sind besser als zwei.«

»Ach? So simpel ist das?«

»Ist es. Und es ist noch mehr. Wenn dus im Porno siehst, geht keinerlei Bedrohung davon aus. Kein Mann, kein anderer Schwanz, kein behaarter Rücken, nur zwei heiße Weiber, die sich gegenseitig verwöhnen. Das ist einfach wunderschön«, grinst er und dreht die Augen verträumt zur Decke.

»Mit wie vielen Männern hast du denn schon geschlafen?«, fragt er, als würde er fragen, wie viele Stunden die Woche ich arbeite.

»Sag mal, deine Fragen sind ganz schön persönlich«, entgegne ich.

»Ich weiß. Aber das ist es ja. Wir kennen uns nicht, da können wir doch ehrlich sein.«

»Das ist trotzdem eine Antwort, die ich mir für später aufhebe.«

»Gut, dann hole ich mal eben noch eine Runde Getränke.«

Ich lehne mich an die Wand und ziehe an meinem Strohhalm. Als er zurückkommt, hat er seine Frage vergessen. Stattdessen schaut er mich an und sagt: »Du willst mit mir vögeln, nicht wahr?«

Ich verschlucke mich am Schnaps. »Wie bitte?«

»Du willst mit mir vögeln, oder?«

»Ich habe dich verstanden, ich habe nur nicht mit dieser Frage gerechnet.«

»Also?«

»Also was?«

»Möchtest du mich vögeln?«

Ich überlege. »Ja«, sage ich und schaue ihm in die Augen. »Könnte gut werden«, schiebe ich hinterher und ich meine das ernst, manchmal weiß man einfach, ob die Chemie im Bett stimmt oder nicht, und das hier könnte klappen.

Etwas kleines Schelmisches blitzt in seinen Augen auf und warnt mich. Aber es ist schon zu spät. »Heute nicht«, sagt er, drückt mir einen Kuss auf die Wange und wendet sich zum Gehen. So ein Penner, mein Magen zieht sich zusammen und ich werde kalt.

Er zögert noch kurz: »Warte, wie heißt du? Dann kann ich dich das nächste Mal mit deinem Namen begrüßen.«

»Es wird kein nächstes Mal geben.«

»Jetzt sei doch nicht sauer, wie heißt du?«

»Du kannst mich mal.« Ich schnaube wütend, knalle den Drink auf den Tresen und suche meine Jacke.

»Ich heiße Steffen«, brüllt er mir hinterher, als ich die Treppen hochsteige. Doch das ist mir egal. So was von egal.

4. März, 00.22 Uhr

Ich bestelle mir eine Cola.

»Cola pur?«, fragt der Barkeeper.

»Bitte.«

»Okay.«

»Danke. Sag mal, ist Rainer hier?«

»Rainer? Ja, der ist hinten.«

»Danke.«

Ich schnappe mir Mantel und Cola und drängele mich bis ins Hinterzimmer durch. Gar nicht so einfach, durch die springende Masse zu kommen, ständig kleben schweißnasse Haare an meinen Armen, dicke Taschen piksen mich in die Seite und ich fühle mich gereizt. Im Hinterzimmer ist es duster, nur eine kleine Lampe brennt und es sitzen etwa zwanzig Leute beisammen. Ich erkenne zwei, drei von früher und sehe Rainer. Er steht direkt neben der Tür.

»Hallo«, brülle ich, die Musik ist so laut, dass wir uns kaum unterhalten können.

»Hi, kennen wir uns?«, er runzelt die Stirn.

»Ich bin Charlotte, eine Freundin von Paul.«

»Die Freundin von Paul? Erzähl keinen Scheiß, Alte. Paul hat keine Freundin.«

»Ich bin nicht *seine,* sondern *eine* Freundin von Paul.«

»Ich dachte schon«, lacht Rainer und streicht sich mit der flachen Hand über seine Glatze. »Bevor Paul eine Freundin hat, habe ich Enkelkinder.«

»Damit könntest du recht haben. Kann ich dich kurz was fragen?«

»Ist wichtig?«

»Ziemlich.«

»Dann komm mit.« Er führt mich nach hinten an die Wand, die Musik ist jetzt gedämpfter und es drängeln sich keine Leute mehr an uns vorbei. Wir stehen in der hintersten Ecke im hintersten Zimmer in der untersten Bar in der kleinsten Straße der Stadt.

»Ich suche jemanden«, beginne ich. »Er heißt Felix und spielt in einer Band, die gelegentlich bei euch auftritt. Sie heißt bad conscience. Sagt dir das was?«

»Das schon«, meint Rainer und mein Herz macht einen Hüpfer. So kurz vorm Ziel fühle ich mich wie ein Mädchen, das schon seit Stunden aufs Klo muss, aber wenn sie endlich auf dem Pott sitzt, nicht pinkeln kann.

»Aber ich kenne keinen Felix. Die Jungs haben hier nur ein- oder zweimal gespielt und das lief immer über Frank.«

»Wer ist Frank?«

»Frank arbeitet im My Way, da sind sie vorher aufgetreten. Ich habe dort einen Gig gesehen und ihn danach auf sie angesprochen.«

»Ist Frank heute im My Way?«

»Was ist denn heute für ein Tag?«

»Samstag.«

»Dann ziemlich sicher.«

»Danke dir.«

Ich lächele ihn an, verabschiede mich kurz und packe meinen Mantel fest unter meinen Arm. Bereit, mich aus den Massen herauszukämpfen, um den nächsten Schritt zu gehen. Wie eine Heldin der Nacht, denke ich, die ein Rätsel zu lösen hat. Von Bar zu Bar, von Name zu Name hangele ich mich entlang, um endlich diesen einen Kerl zu finden, der mein ganzes Leben verändert hat und dessen Leben ich gehörig auf den Kopf stellen werde. Aber ich schaffe es. Ich habe ein gutes Gefühl. Und Hunger. Ich will hier raus.

Ich stelle die Cola auf der Theke ab und verlasse das Great Räng Teng Teng, wie ich es betreten habe, durch einen großen, schweren roten Samtvorhang. Bühne frei, hier komme ich.

Vor der Tür steht Paul und wartet auf mich. »Charlie«, sagt er. »Da bist du ja. Ich hab dich zigmal angerufen.«

»Ich war unten, da habe ich keinen Empfang.«

»Und?«

»Ich habe Rainer gefragt, er sagt, Frank aus dem My Way kann mir helfen.«

»Dann nichts wie hin.«

»Paul, ich muss erst was essen, ich bin am Verhungern.«

»Burger King?«

»Ich will Sushi.«

»Was? Du kannst jetzt kein Sushi haben.«

»Warum denn nicht?«, frage ich trotzig.

»Weil es erstens viertel vor ein Uhr nachts ist und du zweitens schwanger bist.«

»Reis, dann möchte ich Reis.«

»Charlie, tuts nicht auch ein Burger?«

»Wenn ich jetzt Fleisch esse, muss ich kotzen.«

»Wie wärs mit Fladenbrot beim Dönermann?«

»Deal«, sage ich und hüpfe aufgeregt neben Paul her. Alles wird gut, denke ich, alles wird gut.

»Du bist ja ganz aufgekratzt.« Paul bleibt kurz stehen.

»Ich schaffe das«, lache ich. »Irgendwie weiß ich, dass ich das jetzt schaffe. Immerhin haben wir seinen Namen, seine Band, seinen Auftrittsort, wir wissen, wer uns helfen kann und wo wir ihn finden können. Das ist so viel mehr als noch vor ein paar Stunden. Und außerdem, ganz ehrlich, ich freue mich richtig, ihn wiederzusehen.«

»Ach, Charlie«, sagt Paul und klingt wie mein Mathelehrer, der sich wegen meines Unverständnisses darüber aufregt, dass man nicht durch Null teilen darf.

»Komm schon«, sage ich und ziehe ihn Richtung Dönermann. Wenig später sitzen wir in einer kleinen Dönerbude, und ich tunke Fladenbrot in Zaziki.

»Aber von Fleisch musst du kotzen«, sagt Paul und rümpft die Nase.

»Hab dich nicht so«, sage ich mit vollem Mund. »Auch ein Stück?« Ich halte ihm das Brot unter die Nase.

»Im Gegensatz zu dir habe ich in der Casa ganz schön reingehauen.«

»Sag mal, Paul, was ist eigentlich los? Du bist so muffelig.«

»Nichts«, sagt er und weicht meinem Blick aus.

»Biste abgeblitzt?«, frage ich und trinke von meinem Ayran.

»Wie kommst du denn darauf?«

»Irgendwas stimmt nicht, komm erzähl.« Ich lege das Brot beiseite.

»Ich wiederhole mich«, sagt Paul, um dann zu schweigen.

»Wie bitte?«

»Ich wiederhole mich«, wiederholt er.

»Inwiefern?«

»Die Frau, mit der ich gerade gesprochen habe. Vorm Teng. Die hatte ich schon.«

»Was?«

»Das ist Pia.«

»Pia?«

»Pia«, bekräftigt er und verstummt.

»Mensch, Paul, muss ich dir alles aus der Nase ziehen?«

»Pia habe ich im zweiten Semester kennengelernt. Super Körper, die mit dem Seidentuch.«

»Ich verstehe kein Wort. Ich kenne die Geschichte nicht.«

»Pia hat ein Faible für Fesselspiele, aber es muss zärtlich sein. Keine Handschellen, keine Ketten, sondern zarte Seide. Das ist Pia«, erklärt er. »Und heute habe ich sie einfach nicht wiedererkannt.« Er grummelt: »Schlicht nicht erkannt.«

»Was ist passiert?«, frage ich und reiße mit den Zähnen ein Stück Brot ab.

»Sie hat geflirtet, ich hab geflirtet und dann habe ich sie irgendwann nach ihrem Namen gefragt. Plötzlich lässt sie meinen Arm los und schaut mich entgeistert an. ›Das ist kein Spiel?‹, schreit sie und dann: ›Ines, wir gehen.‹« Paul imitiert ihre Stimme, aber nicht abfällig nachäffend, er hebt seine Stimmlage nur leicht, um mir zu zeigen, wer was gesagt hat.

»Ich habs überhaupt nicht geblickt. Sie ist mit ihrer Freundin abgedampft und ich hinterher. ›Was ist passiert?‹, frage ich und sie: ›Paul, ich wusste, dass du ein Arsch bist, aber das ist die Höhe!‹ Ich habe immer noch nichts gecheckt. Sie kennt deinen Namen, dachte ich und dann: Verdammt, warum kennt sie deinen Namen?«

»Und dann?«

»Ich habe gesagt: ›Egal, was passiert ist, es tut mir leid, dass ich dich nicht gut behandelt habe, aber bitte sag mir, woher wir uns kennen.‹ Und sie schnaubte: ›Ich bin Pia.‹ Da wusste ich es. Sie hat mir angesehen, dass ich mich zumindest an den Namen erinnere. Ich bin verdattert stehen geblieben und sie dachte natürlich, ich sei so entsetzt, weil es mir peinlich sei, dass ich sie nicht erkannt habe. Aber in Wirklichkeit war es etwas anderes.«

»Was denn?«

»Ich wiederhole mich.«

»Paul, wenn du dich noch einmal wiederholst, kriege ich die Krise.«

»Charlie, das ist nicht so einfach in Worte zu fassen. Okay, ich habe ein Mädel nicht erkannt, mit der ich schon einmal in der Kiste war. Das passiert, das ist okay. Das wirklich

Dramatische daran: Ich wollte wieder mit ihr in die Kiste. Und zwar sofort. Ich wiederhole mich, ich habe die Frauen aufgebraucht.«

»Oh Gott«, ich verschlucke mich am Ayran.

»Es ist vorbei«, murmelt Paul. »Ich bin durch in Freiburg. Ich bin wieder vorn angekommen.«

»So ein Quatsch.« Ich kann mir das Lachen kaum verkneifen. »Paul, da draußen gibt es Unzählige, die du noch nicht kennst. Und es werden jeden Tag mehr Mädchen volljährig.«

»Charlie, mach dich nicht darüber lustig. Ich meins ernst.«

»Du kannst dir nicht einfach wieder irgendeine Krise kreieren. So läuft das nicht.«

Paul ist im Grunde der geborene Optimist. Sein »Das wird schon« hat mich schon so manches Mal durch schwierige Zeiten gebracht. Weil es ernst gemeint ist. Paul sagt nicht einfach, dass alles gut wird, er schmiedet Pläne, er organisiert und überblickt, geht einen Schritt nach dem anderen und bekommt am Ende immer das, was er will. Aber er hängt es nie an die große Glocke, genauso wenig spricht er gern über Privates. Noch nicht einmal ich weiß zum Beispiel, was er ganz genau beruflich macht. Ich weiß, dass er einen langen Arbeitstag hat und unverschämt gut bezahlt wird, dass es sein Job erfordert, in Anzug und Krawatte zu erscheinen, und dass er sein Büro nicht teilen muss. Mehr weiß ich nicht. Weil Paul darüber nicht spricht. Ich weiß auch, dass er ein fast schon unnatürlich gutes Verhältnis zu seiner Mutter und fast überhaupt keins zu seinem Vater hat. Warum das so ist, weiß ich allerdings auch nicht.

Aber wenn Paul in eine Krise schlittert – das passiert etwa alle zwei Jahre –, dann ist sie immer handgemacht. Er interpretiert ein Ereignis so dramatisch falsch, dass er sich am Ende des Tunnels wähnt und sich für Monate zurückzieht. Keine Anrufe, keine Treffen, noch nicht einmal eine schnelle Mail oder SMS. Doch irgendwann taucht er aus der Versenkung auf und ist wieder der fröhliche, unbesorgte Paul. Das letzte Mal ging es um eine berufliche Chance, die er nicht wahrgenommen hat, vor fünf Jahren war es die Hochzeit seines Bruders und vor acht Jahren ein Korb von einer Edeka-Kassiererin. Und heute ist es also Pia, das Mädchen, das er nicht wiedererkannt hat und mit dem er wieder schlafen wollte.

»Was meinst du mit ›Krise kreieren‹?«, motzt Paul.

»Paul, du hast nicht zu Ende geliebt in Freiburg.«

»Ich liebe nicht.«

»Gut, zu Ende *gefickt*. Es ist nicht vorbei, nur weil du irgendeine Puppe nicht erkannt hast.«

»Charlie, red doch nicht so.«

»Das stört dich? Dass ich *ficken* sage?«

»Dass du ›Puppe‹ sagst. Das ist so abwertend.«

»Ich bin abwertend, wenn ich deine Gespielin mit dem Seidentuch und den Handschellen ›Puppe‹ nenne?«

»Keine Handschellen, Herrgottnochmal, das habe ich doch gerade erklärt. Sie wollte nie Handschellen.«

Paul kategorisiert Frauen so, wie es Kellner mit ihrer Kundschaft tun. Jeder, der in der Gastronomie arbeitet, kann Leute anhand ihrer Drinks unterscheiden und die Getränkewahl ähnelt dabei einem Charakterzug. Der Whiskey-Besteller würde etwa niemals ein Bananenweizen trinken. Wer Kiba ordert, trinkt, wenn es denn Alkohol sein soll, niemals Pils. Für einen Kiba-Trinker ist ein Radler das höchste der Gefühle oder eine Weißweinschorle. Wenn sich Kellner unterhalten, sagen sie zum Beispiel nicht: »Der blonde Typ, der immer mit seiner Laptoptasche kommt.« Sie sagen: »Der blonde Typ, der meist allein hier ist und süß Gespritzten trinkt.« Und jeder weiß, wer gemeint ist.

Paul kategorisiert Frauen nach einem ähnlichen Schema: Die Blonde, die total auf Doggystyle abfährt – aber nur, wenn sie betrunken ist. Die Braunhaarige, die niemals einen Blowjob geben würde, obwohl sie wie eine Verrückte an den Fingern saugt, wenn sie Sex haben. Die mit dem schönen Körper, die auf Fesselspiele mit Seidentüchern steht. Es ist eine Wissenschaft für sich – und Paul ist der Einzige, der sie beherrscht.

»Paul, was hältst du von folgendem Plan«, sage ich und schiebe den letzten Rest Brot in den Mund. »Wir gehen jetzt ins My Way, ich frage Frank nach Felix und dann bist du dran. Ich suche dir die schönste Frau des Abends.«

Ich meine das ernst. Wenn Frauen für Freunde eine Frau suchen, sind die Chancen, einen Treffer zu landen, um mindestens das Doppelte erhöht. Jungs wissen das. Und Paul und ich sind auch noch ein eingespieltes Team.

Aber er winkt ab: »Nein, danke. Heute nicht.«

»Sicher?«

»Ja. Ist ohnehin keine mehr übrig.«

»Jetzt reichts aber!«

»Lass uns gehen«, sagt er und steht auf.

»Ich komme.« Ich trinke den Ayran aus, ziehe meinen Mantel über und drücke Paul einen Kuss auf die Wange. »Das wird schon. Du wirst sehen.«

»Sorry«, murmelt er. »Ich bin gleich wieder der Alte.«

»Eben, seit wann lässt sich Paul denn die Stimmung von einer einzigen Frau ruinieren?«

»Du ruinierst meine Stimmung doch nicht«, sagt er und zwinkert.

»Ha, ha, ha«, blöke ich, lache aber und hake mich unter. »Auf ins My Way.«

4. März, 01.15 Uhr

Draußen ist es noch kälter geworden, ich kann schon fast meinen Atem sehen. Aber zum My Way sind es nur wenige Schritte. Das ist einer der vielen Pluspunkte dieser Stadt. Sicher, Freiburg ist nicht Berlin. Dafür ist man sofort überall, und während man in Berlin anderthalb Stunden braucht, um von einem Ende der Stadt zum anderen zu kommen, sind wir von hier in anderthalb Stunden in Zürich, in dreißig Minuten in Basel und in einer Stunde in Straßburg. Die Vogesen, der Elsass, der Kaiserstuhl, der Feldberg – alles direkt vor der Tür. Zudem haben wir das beste Wetter des Landes und müssen nur zwei Monate im Jahr darauf verzichten, draußen sitzen zu können. Bis Ende November und ab Anfang Februar sind die Cafés draußen bestuhlt. Ein Luxus, den ich sehr wohl zu schätzen weiß.

Der Nachteil: In dieser Stadt läuft man jedem ständig wieder über den Weg. Wenn man in Hamburg nach einem netten Flirt die Location wechselt, muss man sich eingestehen, dass man diesen Kerl sicher nicht noch einmal treffen wird. In Freiburg ist es genau andersherum: Es wäre absurd, nach einem missglückten One-Night-Stand aus der Wohnung zu schleichen und mit beruhigendem Gefühl zu denken, dass man sich ohnehin nie wiedersieht. Denn das tut man. Früher oder später steht er im Starbucks neben dir, in der Buchhandlung an der Kasse oder abends auf der Tanzfläche. Das ist ein Fluch und ein Segen, sagt Bea. Aber heute gereicht mir das zum Vorteil, denn nur wegen der Überschaubarkeit Freiburgs gibt es eine Chance, dass ich Felix finden werde.

Während des Studiums haben Bea, Steffi und ich die Connections aufgebaut, die mir jetzt helfen, mich im wirren, neonlichtgefluteten Freiburger Nachtleben von Location zu Location durchzufragen. Wir haben einen simplen Plan beherzigt: Wenn du studierst, brauchst du Kontakt zu genau drei Gruppen – den Türstehern, den DJs und den Barkeepern. So hast du deine Finger im gesamten Clubbing-Netz der Stadt. Spätestens seit heute weiß ich, wofür das gut ist.

Vor dem My Way ist nichts los, dafür ist es nebenan im Kamikaze wie immer rammelvoll. Als wir uns an der Schlange vorbeidrücken, pustet mir ein Kerl Rauch ins Gesicht. Ich huste.

»Hey Lotta, alles klar?«

»René, was machst du denn hier?«

»Ich wollte eigentlich in die Sonderbar, aber da ist Andreas, den will ich auf keinen Fall sehen, und deshalb bin ich diesem Hintern gefolgt.«

»Wie bitte?« Paul macht große Augen.

»Dem da«, sagt René und zeigt auf einen jungen Kerl in stoned-washed Röhrenjeans.

»Wie? Du bist dem Hintern gefolgt? Du hattest doch ein Date mit diesem Mannheimer«, sage ich und verschränke die Arme vor der Brust.

»Das war nichts. Ich habe ihn schon um halb elf nach Hause geschickt. Und als ich aus der Sonderbar raus bin, ist dieser

Kerl da vorbeigelaufen. Mit diesem absolut geilen Arsch in der Hose und da bin ich eben hinterher.«

René zeigt erneut auf den schlaksigen Kerl, der vorgibt, uns nicht zu hören. Dabei tut er das garantiert.

René sieht überhaupt nicht ein, weshalb er die Stimme senken sollte. »Ich bin ihm gefolgt. Und jetzt bin ich hier.«

»Du bist schon ein Spinner«, lache ich.

»Astrein«, nickt Paul und klopft René auf die Schulter.

»Ja, und jetzt?«, frage ich.

»Jetzt gehen wir da rein«, sagt René, entblößt sein makelloses Lächeln und strahlt dem Kerl entgegen. Er macht entschlossene Schritte Richtung Kamikaze-Tür und ich kanns kaum glauben, aber der Typ mit der engen Hose schnickt seine Kippe weg und zwinkert René zu, bevor er ihm folgt.

»Viel Spaß«, rufe ich und drehe mich Richtung My Way. »Auf gehts.«

»Also gut.« Paul folgt mir die Treppen hinunter. Aus irgendeinem mysteriösen Grund muss man in Freiburg tatsächlich immer erst mal Treppen hinuntersteigen, bevor man irgendwo ein gescheites Bier mit guter Musik bekommt. »Zum Feiern in den Keller gehen«, sagt Steffi immer. »Das passt zu den Badenern.«

Im My Way wummert Hardrock aus den Lautsprechern, es riecht nach Schnaps. Nichtsdestotrotz mag ich den Laden. Er ist die perfekte Wir-versacken-heute-bei-Bier-und-Tequila-an-der-Theke-Kneipe. Die Kellner sind freundlich und die Gäste machen ihr eigenes Ding – aber sie lassen dich auch deins machen. Ich schaue mich um.

»Willst du was trinken?«, fragt Paul.

»Ich weiß vor lauter Apfelsaftschorle und Cola schon gar

nicht mehr, wohin mit mir. Mir war nie klar, wie leicht man es sich macht, wenn man einfach immer nur Wodka und Bier trinkt.«

Paul lacht. »Also? Was darfs sein? Wodka und Bier gebe ich dir aber nicht.«

»Weißt du was? Ein Spezi. Das nehme ich.«

Ich ziehe meine Jacke aus und setze mich auf einen Barhocker, Paul steht neben mir und bestellt zwei Spezi. »Ich mache mit«, erklärt er.

Ich freue mich, dass er wieder besser drauf ist, und merke, wie ich nun langsam nervös werde. Ich bin fast am Ziel. Dieser Frank wird mir helfen können. Und dann sehe ich Felix. Langsam muss ich mich doch mal damit befassen, was zum Teufel ich ihm sagen werde. Und wie ich das tue. Mein Magen macht einen Hüpfer und mir wird ein bisschen flau.

»Ist Frank da?«, fragt Paul den Kerl hinter der Theke.

»Jup, ist nur kurz was holen, müsste aber in spätestens einer halben Stunde zurück sein.«

»Danke dir«, entgegnet Paul und schiebt mir mein Spezi zu. Ich nehme einen Schluck und sage: »Oh Gott!«

»Was ist los?«

»Oh Gott, wir haben es fast geschafft!«

»Was hast du fast geschafft?«

»Felix zu finden. Das ist ganz schön aufregend.«

»Noch nicht, Charlie«, sagt Paul. »Aber es sieht gut aus. Jetzt warte aber erst mal ab, was Frank wirklich weiß. Ich dachte auch, dass Rainer dir helfen kann.«

»Das wird schon«, sage ich und versuche, den Kloß in meinem Hals hinunterzuschlucken.

Plötzlich lässt mich eine tiefe Stimme direkt hinter mir zusammenzucken und jemand brüllt: »Paule? Das gibts doch gar nicht! Paul!«

Paul dreht sich um und wird ein wenig weiß im Gesicht. »Sören!«

»Mensch, das ist ja ewig her.« Sören umarmt Paul begeistert und strahlt. Er ist sehr groß, sehr kräftig, sehr blond und hat von der Kälte rot gefärbte Wangen. Er lässt Paul los, zieht seinen dunkelblauen Mantel aus und schaut mich an.

»Und du, Hübsche, du bist sicher Pauls Freundin.«

»Du denkst, Paul hat ne Freundin? So gut könnt ihr euch aber nicht kennen«, sage ich und lache. »Ich bin Charlotte, Pauls beste Freundin«, schiebe ich hinterher und reiche ihm die Hand.

»Wie meinst du das?«, fragt Sören ehrlich überrascht. »Ich kenne Paul sogar sehr gut. Zumindest tat ich das früher. Nicht wahr?« Er klopft ihm mit seinen riesigen Händen freundschaftlich auf den Rücken. Paul gibt keinen Ton von sich.

»Mensch, das ist sicher zehn Jahre her«, sagt Sören und drückt Paul erneut. Es sieht aus, als würde der zierliche Paul zwischen Sörens Pranken vollends verschwinden.

»Ja, hmm, ewig«, murmelt Paul. Er scheint sich unwohl zu fühlen.

»Paul, gehts dir gut?«, frage ich besorgt.

»Ja, nein, ich komme gleich wieder.« Mit diesen Worten steht er auf und verschwindet in Richtung Toiletten. Ich bilde mir ein, dass er dabei etwas schwankt.

»Was ist denn mit ihm los?«, fragt Sören.

»Ich habe keine Ahnung. Aber er kommt schon zurecht.«

»Das tut er immer«, sagt Sören. »Bekomme ich in diesem Laden auch was zu trinken?« Er lehnt sich über die Theke und bestellt ein Kristallweizen. »Für dich auch etwas?«

»Ich habe, danke«, sage ich und deute auf mein Spezi.

Sören lehnt sich rücklings gegen die Theke, nimmt einen Schluck Bier und leckt sich den Schaum von den Lippen. Er schaut mich an und runzelt die Stirn: »Was meintest du eben damit, ich würde Paul nicht kennen, wenn ich dich für seine Freundin halten würde?«

»Damit meinte ich nicht mich, sondern jede Frau. Paul hat doch keine Freundin. Nicht er.«

»Was soll das heißen? Ist er schwul?«

»Was? Paul? Quatsch! Aber Paul hat einfach nie eine Freundin.« Ich wundere mich. »Sag, woher kennt ihr euch?«

»Wir waren zusammen in der Schule, oben in Bremen. Wir waren die besten Freunde, von der fünften Klasse an bis zum Abitur. Danach haben wir uns leider aus den Augen verloren.«

»Das erklärt einiges«, nicke ich und mache es mir auf dem Barhocker bequem. Ich habe noch nie jemanden von Pauls alten Freunden getroffen. Ich weiß zwar, dass er in Bremen aufgewachsen ist, aber über seine Schulzeit weiß ich so gut wie gar nichts. Er spricht einfach nie darüber, ebenso wenig wie er über sein Elternhaus spricht. Und jetzt sitze ich hier mit Exklusivrechten – mit seinem besten Schulfreund. Diese Chance bekomme ich so schnell nicht wieder. Daher kann ichs einfach nicht lassen: »Wie war Paul denn früher?«

Sören schmunzelt. »Paul war schon immer ein Spezieller. Aber Freundinnen, die hatte er schon.« Sören steckt sich eine Zigarette an. Die dünne weiße Kippe sieht so klein wie ein Kirschlolli-Stiel in seinen Händen aus. Dieser Mann ist einfach gigantisch, denke ich und automatisch rutscht mein Blick zu seinem Schritt. Nichts zu erkennen. Es ist einfach unfair: Während wir Frauen unsere beiden Argumente den Männern quasi auf Augenhöhe präsentieren, müssen wir darauf warten, bis es wirklich ernst wird, bevor wir wissen, was er so mit sich herumträgt. Und leider gelten diese Wie-die-Nase-eines-Mannes-Regeln einfach nicht, die Nase hat mit der Größe des Penis meiner Erfahrung nach rein gar nichts zu tun. Hände und Füße sind da schon ein besserer Indikator, aber auch sie können dich auf die völlig falsche Fährte locken.

»Was meinst du damit, dass Paul schon immer speziell war?«, frage ich.

»Nun ja, damals in der fünften Klasse war er anders als die anderen Jungs, ihn haben weder Fußball noch Computerspiele interessiert. Am liebsten saß er in seinem Zimmer oder draußen im Park und knüpfte Freundschaftsbändchen aus Wollresten. Außerdem las er Frauenzeitschriften und Illustrierte.«

»Wie bitte?«

»Ja, ehrlich. Er las die *Brigitte* und die *Freundin* und Yellowkram wie *Die Aktuelle* und so.«

»Oh. Mein. Gott. Wie kam er denn dazu?« Ich muss tief atmen, um vor Lachen nicht zu ersticken.

»Seine Oma hat sie ihm gegeben.« Sören lacht ebenfalls.

»Das kann ich gar nicht glauben. Wie seid ihr denn Freunde geworden?«

»In der sechsten Klasse saßen wir nebeneinander und hatten auch noch denselben Schulweg, es war fast unvermeidbar, dass wir Freunde wurden. In der Schule wusste sowieso niemand davon, dass Paul solche Zeitschriften las, und nur wenigen ist aufgefallen, dass er jeden Tag ein anderes Armbändchen trug. Paul war schon als Kind so selbstbewusst, dass es ihn noch nicht einmal gekümmert hat, ob irgendwer aus der Klasse weiß, welche Hobbys er tatsächlich hat. Es hatte den Anschein, als würde er irgendwie über den Dingen schweben.«

»Das ist der absolute Hammer«, keuche ich.

»Was ist der Hammer?«, fragt Paul, der plötzlich wieder neben mir steht.

»Ähem, nichts.« Ich weiß nicht, wie ich reagieren soll.

Sören ist nicht so zurückhaltend: »Ich hab ihr von deinen Freundschaftsbändchen erzählt«, sagt er und nickt wissend, zeigt aber dabei ein freundliches Lächeln.

»Scheiße«, sagt Paul, aber er ist nicht mehr so blass wie vorher. »Was weiß sie noch?«

»Nichts«, vergewissert Sören. »Nun ja, außer das mit den Frauenzeitschriften.«

»Sören, du Socke.« Paul knufft ihn in den Oberarm und schaut mich an.

»Kommst du damit klar, Charlie?«

»Da ist nichts, womit ich klarkommen müsste, Schatz, das ist ewig her.«

»Soll ich dir noch ein anderes dunkles Geheimnis aus meiner Vergangenheit verraten?«, fragt Paul und nimmt sein Spezi vom Tresen.

»Aber immer«, nicke ich und wende mich ihm zu.

»Ich war nicht immer so, wie ich heute bin.«

»Ach nein, *Brigitte*?« Ich tue überrascht.

»Nein.« Paul scheint die Ironie in meiner Stimme nicht bemerken zu wollen. »War ich nicht. Ich habe nicht nur Freundschaftsbändchen geflochten. Ich war auch mal verliebt.«

»Ernsthaft?« Dieses Geständnis überrascht mich fast noch mehr als die Vorliebe für Frauenzeitschriften.

»Ja, und wie. In, Achtung das ist komisch, Pauline.«

»Pff«, mache ich und lache. »Paul und Pauline, das ist ja herrlich.«

Sören lacht. »Das ist eine Hammerstory, die beiden waren *das* Gesprächsthema an der Schule.«

»In der Tat. Ich habe sie Ende der neunten Klasse kennengelernt. Ich war bis über beide Ohren in sie verschossen und es hat fast anderthalb Jahre gedauert, bis sie mich überhaupt bemerkt hat.«

»Er hat sie angehimmelt, bei jeder Gelegenheit, die sich ihm bot. Auf jeder Party, bei jedem Ausflug, wann immer es ging, hat er sich neben sie gesetzt«, erzählt Sören und nimmt noch einen Schluck Bier.

»Paule, trinken wir einen Jägermeister auf die guten alten Zeiten?«

»Wenn wir auf die alten Zeiten trinken, dann trinken wir Korn.«

»Charlotte?« Sören schaut mich fragend an.

»Für mich nicht, danke«, sage ich und seufze. Mir fehlt mein Wodka.

»Zwei Korn«, schmettert Sören über die Theke. Der Barkeeper stellt die Gläser vor die Jungs und schenkt direkt ein.

»Prost.« Paul und Sören kippen den Korn hinunter und atmen beide gleichzeitig hörbar aus.

»Also, was ist jetzt mit Pauline?«, frage ich ungeduldig.

»Ach ja«, setzt Sören an. »Jeder hat gewusst, dass Paul auf sie steht. Wirklich jeder. Nur sie nicht. Sie hats einfach nicht gecheckt.«

»Sie war wunderschön, Charlie. Schlank, aber nicht zu dünn, sie hatte ganz sanfte Haut, riesige wassergrüne Augen und lange dunkle Haare, die wie ein Lagerfeuer um ihren Kopf tanzten. Einen kleinen festen Arsch und zarte Hände. Immer, wenn sie irgendetwas damit tat, schreiben, basteln, Zigaretten aus der Handtasche holen, hat mich das in den Wahnsinn getrieben.«

»Wow, Paul, so kenne ich dich ja gar nicht.«

»Aber es war zum Verrücktwerden«, fährt Paul unbeirrt fort. »Egal was ich tat, ich kam über die Netter-Junge-aus-der-Klasse-Schiene einfach nicht hinaus.«

»Ihr wart noch nicht mal Freunde?«, frage ich.

»Nein, das wollte ich nicht.«

»Wieso?«

»Weil es dann geendet hätte wie mit Eva«, sagt Sören. »Oder, Bruder?«

»Ja.«

»Wer ist Eva?« Langsam komme ich nicht mehr mit.

»In Eva war ich von der siebten bis zur achten Klasse verliebt, aber wir waren immer nur Freunde.«

»Die Freundesschiene ist einfach scheiße«, sagt Sören und nickt leidend. »Da kommst du nie mehr raus. Sobald eine Frau deine Freundin ist, wird sie sich nie ...«

»... flachlegen lassen«, ergänzt Paul.

»... in dich verlieben, wollte ich sagen«, korrigiert Sören.

»Weder das eine noch das andere«, sagt Paul. »Seid ihr einmal Freunde, werdet ihr niemals Lover. Das ist nun mal so. Und es ist manchmal zum Kotzen. Ich habe nach anderthalb Jahren all meinen Mut zusammengenommen und Eva geküsst. Sie hat mit mir rumgebalgt, ich habe sie gekitzelt und sie und ich sind auf dem Boden in ihrem Zimmer rumgerollt. Die Gelegenheit ist perfekt, habe ich gedacht. Also habe ich sie einfach geküsst. Doch sie hat mich entsetzt angeguckt, mich von sich runtergeschubst und geschrien, was mir denn eigentlich einfallen würde. Ich ging wie ein begossener Pudel nach Hause und habe mich nie wieder getraut, sie anzurufen oder bei ihr vorbeizugehen. Und das wars dann auch mit unserer Freundschaft. Das wollte ich mit Pauline auf keinen Fall noch einmal riskieren.«

»Pfff, Pauline«, ich muss immer noch darüber kichern. »Tut mir leid, Paul, aber das ist einfach zu komisch. Wie ging das dann mit ihr weiter?«

»Sie hat mich geküsst. Einfach so. Auf dem Schulhof. Irgendwer hatte ihr endlich gesteckt, dass ich in sie verliebt bin. Sie hat sich das angehört, hat auf dem Absatz kehrtgemacht, ist zu mir gekommen und hat mich einfach geküsst. Alle haben es gesehen und waren genauso baff wie ich. Und dann hat sie gesagt: ›Dann bist du jetzt also mein Freund.‹ Das war keine Frage, das war eine Feststellung und dann war ich eben ihr Freund.«

»Das ist ja der Wahnsinn«, nicke ich anerkennend.

Sören nickt ebenfalls: »Und wie, das war der Hammer. Bis heute erzählen sie diese Geschichte. Die Geschichte von dem Mädchen, das einfach einen Jungen geküsst hat vor den Augen der gesamten Schule.«

»Sag mal, Sören«, fragt Paul unvermittelt, »was zum Teufel machst du eigentlich hier? Du bist doch Bauingenieur, oder?«

»Richtig. Ich arbeite oben in Lübeck, habe aber einen Auftrag im Schwarzwald und bin für drei Monate in Freiburg.

Ich wusste auch gar nicht, dass du hier bist. Was machst du hier? Und wie gehts dir?«

»Jungs, ich lasse euch mal kurz allein, ich muss aufs Klo«, sage ich und klettere vom Barhocker. Die beiden sollen sich in Ruhe unterhalten.

In der Toilette wasche ich mir als Erstes die Hände und schaue mich im Spiegel an. Komisch, ich sehe gar nicht anders aus als sonst. Dabei fühle ich mich von Grund auf verändert. Ich streiche mir die Haare hinters Ohr und überlege. Wann war ich zum letzten Mal stocknüchtern in einer Samstagnacht unterwegs? Das muss mit Sebastian gewesen sein. Sebastian trinkt nämlich nicht.

Lotte und Sebastian

Mai vor einem Jahr

Sebastian und ich kennen uns schon eine Ewigkeit, wir gehörten früher zur selben Clique und haben mehr als eine Handvoll enge Freunde gemeinsam. Aber wir haben uns seit über fünf Jahren nicht mehr gesehen, als wir uns zufällig auf einer Party im Freiburger Vauban-Viertel über den Weg laufen. Er wohnt mittlerweile in Hamburg, ist aber fürs Wochenende bei seinem Kumpel Martin in Freiburg.

»Lotta, dich sehe ich auch immer nur im Dunkeln«, scherzt er zur Begrüßung.

»Ricky, das gibts ja gar nicht.« Ich kanns kaum glauben.

»Ricky?« Martin wundert sich.

»So haben sie mich früher zu Hause genannt«, erklärt Sebastian und drückt mich an sich. »Schön, dich zu sehen, Lotta. Alles fit?«

»Aber sicher. Und bei dir?«

»Immer.«

»Nur im Dunkeln?«, fragt Martin.

»Ricky und ich sehen uns fast immer nur auf Partys.« Ich lache. »Wollt ihr auch ein Bier?«

»Ich trinke doch nicht«, erklärt Ricky und Martin deutet auf sein Getränk.

»Stimmt, sorry, das habe ich ganz vergessen.« Ich gehe mir noch ein Beck's holen. Ricky sieht ziemlich gut aus, denke ich. So heiß war er früher nicht.

Ich kehre mit frischem Bier zurück und berühre ihn am Oberarm. »Erzähl, was verschlägt dich nach Freiburg?«

»Er hier!« Sebastian legt Martin einen Arm auf die Schulter. »Der Gute wird morgen dreißig.«

»Ach was?«, sage ich. »Das habe ich dieses Jahr auch noch vor mir.«

»Beeindruckend, nicht wahr?« Martin lehnt sich an die Wand. »Verdammt noch mal, dreißig! Früher dachte ich, mit dreißig hätte ich Frau, Kind und Haus. Und heute? Ich habe noch nicht einmal ein Auto.«

»Ach komm«, lacht Sebastian. »So schlimm ist es ja auch nicht.«

»Ich habe gar keine Pläne gemacht«, sage ich. »Ich dachte immer, das geschieht sowieso nicht. Ich dachte echt, das passiert immer nur den anderen. Aber dann, ehe du dich versiehst, bist du 29 und immer noch da.«

»Exakt. Und dann wache ich auf und bin übermorgen vierzig«, sagt Martin.

»Meine Freundin Bea sagt, sie freut sich auf die vierzig.«

»Wieso das denn?«, fragt Sebastian.

»Sie ist davon überzeugt, dass mit vierzig alles besser ist als mit zwanzig. Sie glaubt, dass man dann dort ist, wo man hingehört. Mit genügend Geld, das Leben zu führen, das man führen möchte, und mit genug Erfahrung, das auch zu wissen.«

»Das klingt doch gut«, nickt Sebastian.

»Exakt«, lächle ich und schaue ihn an. Er trägt die Haare mittlerweile raspelkurz, sie legen sich in ganz kleinen, dunklen

Wellen auf seinen Kopf. Er hat seine altmodische Brille gegen ein schwarzes Gestell getauscht, das ihm einen interessanten Gesichtsausdruck verleiht, und offensichtlich treibt er irgendeinen Sport, der schöne Arme macht. Mich kribbelt es.

Wir setzen uns auf die Couch und reden die nächsten Stunden. Irgendwann stehe ich auf, um neues Bier zu holen, doch er hält mich zurück. Überrascht schaue ich ihn an und er drückt mir einen dicken Kuss auf die Lippen. Ohne Zunge. Fast brüderlich. Und doch schön.

»Was war das denn?«, frage ich und lasse mich zurück aufs Sofa fallen.

»Das möchte ich schon seit zehn Jahren tun, entschuldige bitte«, sagt er und lächelt verschmitzt.

»Dann tue es richtig«, sage ich, nehme seinen Kopf in die Hände und küsse ihn auffordernd. Er schiebt seine Zunge in meinen Mund und ich sinke in seine Arme. Er schmeckt rau und zieht mich fest an sich. Seine Hände vergraben sich in meinen Haaren und er reißt sogar ein kleines bisschen daran. Ich mag das. Ich habe mal im Vollsuff zu einem Kerl gesagt: »Machs mir kurz und heftig, so will ich es.«

Ich komme nicht mehr dazu, das Bier zu holen. Wir verlassen die Party und gehen zu mir. Normalerweise gehe ich lieber zu den Kerlen nach Hause, dann kann ich nämlich einfach gehen, wenn ich keine Lust mehr habe, aber Sebastian hat hier nun mal kein Zuhause und ich weigere mich, es auf Martins Schlafsofa zu tun.

Als wir bei mir sind, drückt er mich beim Knutschen gegen die Wand und hebt mein Bein an, während er mich mit den Schultern gegen die Tapete presst. Ich atme hörbar aus und beginne, seine Hose zu öffnen.

»Ich werde nicht mit dir schlafen, Lotta«, sagt Sebastian und schiebt seine Zunge in mein Ohr.

»Was?« Ich befreie mich aus der Umarmung und frage erstaunt noch einmal: »Was?«

»Ich habe da noch so eine Sache am Laufen.« Er will mich wieder küssen.

Ich entziehe mich. »Was zum Teufel? Du hast eine Freundin? Sieh zu, dass du Land gewinnst! Das ist doch scheiße, Ricky.«

Er lässt von mir ab und schaut mich an wie ein kleiner Junge, der einen Fehler gemacht hat. »Nein, ich habe keine Freundin. Da ist nur eine Geschichte, die noch nicht vorbei ist. Und deshalb kann ich nicht mit dir schlafen.«

»Dann kläre diese Geschichte und wenn das geregelt ist, rufst du mich an«, sage ich und schiebe ihn zur Tür.

»Bist du dir sicher? Wir können doch auch so ein bisschen Spaß haben.«

Er legt seine Arme um meine Schultern und zieht mich an sich. Er riecht nach diesem Aftershave, das ich so gern rieche, und ich werde schwach. Er schaut mich an und küsst mich so fordernd, dass ich rückwärts stolpere. Er hebt mich hoch und bringt mich ins Bett, ich schlinge Arme und Beine um ihn und lasse mich von ihm aufs Bett werfen. Er zieht Hose, Socken und T-Shirt aus und befreit mich aus meinem Kleid. In Unterwäsche liege ich vor ihm im Bett und er schaut mich fordernd an: »Gefällt mir, was ich sehe.«

»Das kann ich nur zurückgeben«, sage ich und lasse meinen Blick von seinen breiten Schultern bis zum Ansatz der Boxershorts gleiten. Kurze dunkle Haare schlängeln sich nach oben zum Bauchnabel und verlieren sich zwischen perfekt geformten Bauchmuskeln.

Er klettert auf mich, presst meinen Kopf ins Kissen und küsst mich so wild, dass ich nach Luft schnappen muss. Er hält meine Handgelenke mit nur einer Hand über meinem Kopf fest und schiebt die andere Hand in meinen Slip. Seine Finger sind kalt, doch sie finden, was sie suchen, und lassen mich vibrieren. Ich will mich aus diesem Griff befreien, ich will diesen Kerl auf den Rücken drehen, ihm die verdammten Boxershorts ausziehen und ihn vögeln, doch ich kann mich keinen Zentimeter bewegen. Seine Hand umfasst meine Hände, sein Knie drückt mich ins Bett und seine Zunge presst sich in meinen Hals.

»Bist du sicher, dass du nicht mit mir schlafen willst?«, keuche ich.

»Lotta«, gibt er zur Antwort, schaut mich an und schiebt seine Zunge so auffordernd in meinen Mund, dass ich gar nicht weiß, wohin damit.

Er schiebt zwei Finger in mich und ich beginne zu zittern. Ich werfe mich ihm entgegen, doch seine Hände halten mich zurück. Ich kann ihn noch nicht einmal berühren. Nach wenigen Minuten zittere ich immer noch, irgendetwas blockiert in mir. Er merkt es.

»Was ist los?«

»Ich, ich kann nicht mehr«, sage ich und er lockert seinen Griff.

»Was kannst du nicht mehr?«

»Du machst mich wahnsinnig«, sage ich und stütze mich ab, um ihn anzuschauen. »Aber ich kann so nicht kommen, irgendwas blockt mich.«

»Könntest du kommen, wenn wir miteinander schlafen?«

»Ich denke schon.«

»Tut mir leid, aber diese Regel habe ich mir selbst auferlegt«, sagt er und lässt meine Hände los. Er rollt sich auf die Seite und schaut beinahe schuldbewusst.

Ich stütze mich auf den Ellenbogen ab und schaue ihn fragend an. Und dann macht er etwas, das mich völlig aus der Fassung bringt: Er schiebt seine Hand unter meinen Kopf, damit ich es mir bequemer machen kann. Ich bin sprachlos.

»Lotta, bitte verstehe das, ich finde dich wahnsinnig scharf, aber ich muss mir das selbst beweisen.«

»Ist schon gut, Ricky«, sage ich und lächle, während ich meine Hand in seine Boxershort schiebe. Er lässt sich auf den Rücken fallen und ich befreie seinen Schwanz vom Stoff. Ich blicke ihm ein letztes Mal in die Augen, bevor ich seinen Schwanz in den Mund nehme. Er gibt einen unverständlichen Laut von sich und schließt die Augen. Doch nur wenige Sekunden später reißt er meinen Kopf hoch und küsst mich.

»Nur weil wir nicht miteinander schlafen, können wir doch trotzdem Spaß haben«, sage ich in einer kurzen Atempause und beuge mich erneut über seinen Schwanz. Er ist mittlerweile noch härter als zuvor und ich merke, dass er bald so weit ist. Ich umschließe ihn fest und bewege Mund und Lippen langsam auf und ab. Sebastian zieht meinen Kopf weg, um nicht in meinem Mund zu kommen.

Sebastian lächelt glücklich und schaut mich an: »Jetzt du?«

»Kennst du das, wenn du kommen willst, aber nicht kannst, weil irgendetwas im Kopf zugemacht hat?«, frage ich.

»Klar, das ist sehr unangenehm.«

»Genauso geht es mir jetzt.«

»Das ist aber schade.«

»Oh ja, das finde ich auch.« Ich lache ihn an und hole eine Flasche Wasser ins Bett.

»Lass uns einfach schlafen«, sage ich. »Vorausgesetzt, du möchtest heute Nacht hier bleiben.«

»Ich möchte eine Nacht mit dir verbringen, seit ich 17 bin. Natürlich möchte ich hierbleiben«, sagt er.

Ich verkneife mir ein bissiges »Aber ficken willst du nicht, oder was?« und schlafe nur wenige Minuten später friedlich, aber immer noch vibrierend, auf seiner Schulter ein.

Am nächsten Morgen weckt mich die Sonne. Ich habe die Vorhänge nicht zugezogen. Und auch Sebastian wird wach, als ich die Augen aufschlage.

Er grummelt ein »Guten Morgen«, dreht sich auf die Seite und schiebt mir mit der nächsten Bewegung die Hand zwischen die Beine.

»Ricky, was soll das?«

»Lass mich mal machen«, nuschelt er an meinem Ohr. Es fühlt sich gut an, aber wieder blocke ich ihn ab, weil mein Körper nicht aufhört zu zittern und die Schwelle zwischen unendlich gereizt und Orgasmus nicht überschreiten kann. Es fühlt sich an wie ein furchtbar nerviges Niesen, das einfach nicht rauskommen möchte. Sebastian merkt, dass etwas nicht stimmt, und nimmt die Hand von mir.

»Es tut mir leid, Lotta. Ehrlich«, sagt er.

»Muss es nicht«, sage ich. »Duschen?«

»Zusammen?«

»Klar.«

Wir gehen ins Badezimmer und zum ersten Mal sieht er mich vollständig nackt. In der Dusche lasse ich warmes Wasser über mein Haar laufen und lege den Kopf in den Nacken.

Sebastian packt mich von hinten, dreht mich zur Duschwand und seine Hände wandern von meinen Brüsten zu meinem Arsch. Ich fühle seinen Schwanz an meinem Hintern und kann mich kaum an der rutschigen Glaswand festhalten, so hart presst er mich dagegen.

»Halt, Ricky. Du sagst, Sex ist nicht. Und ich sage: Sex ohne Kondom ist schon mal gar nicht.«

Ich drehe mich zur Seite und schnappe mir mein Shampoo. Er sieht unschuldig aus, eine Wasserperle löst sich von seinen Wimpern und rollt langsam seine Wange hinunter. Ich küsse ihn fest auf den Mund und shampooniere meine Haare.

Nach der Dusche verabschiedet er sich, ohne Frühstück oder auch nur einen Kaffee anzunehmen, und verspricht, mich heute Abend anzurufen. Ich verbringe den Tag mit DVDs und einem langen Telefongespräch mit Bea, die einfach nicht verstehen kann, dass irgendein Kerl nicht ficken möchte. Um 18 Uhr klingelt mein Handy.

»Lotta, sorry für den schnellen Abgang, aber ich wäre fast geplatzt«, meldet sich Sebastian.

»Kein Problem.«

»Sehen wir uns heute Abend? Martin feiert Geburtstag und ich darf dich mitbringen.«

»Gern«, sage ich.

»Ich hole dich ab.«

Kurz vor zwanzig Uhr stehe ich vorm Spiegel und überlege, was ich anziehen soll. Ich entscheide mich für ein marineblaues Kleid, das verdammt kurz ist, dafür aber einen Rollkragen hat, blickdichte Strümpfe und schwarze Boots.

Sebastian klingelt pünktlich um halb neun.

»Gut siehst du aus.«

»Danke, du auch.« Er trägt ein hellblaues Hemd, einen breiten braunen Ledergürtel und verwaschene Jeans. Ich will gerade meine Tasche holen, als er mir von hinten die Arme um die Taille legt und mich auf den Hals küsst.

»Ich bekomme gar nicht genug von dir«, murmelt er.

Ich drehe mich in seinen Armen um, schmiege mich an ihn und küsse ihn. Er legt eine Hand auf meinen Hintern und drückt mich gegen meinen Flurschrank. Verdammt, ich bin mir so sicher, dass Sex mit diesem Kerl fantastisch wäre, und dann will er einfach nicht.

Er leckt unendlich langsam von meinem Ohr bis zu meinem Hals, aber er kommt wegen des Rollkragens nicht besonders weit. Im nächsten Moment schiebt er beide Hände unter meinen Rock, umfasst meinen Hintern und hebt mich ein Stück hoch. Ich genieße seine Küsse, ich genieße es, dass er mich so fest packt, und fast vergesse ich, dass das hier nirgendwohin führt. Wir küssen uns lange und irgendwann schlage ich die Augen auf und sage: »Wir sollten gehen.« Zitternd löse ich mich aus der Umarmung und versuche, ein Bein neben dem anderen auf dem Boden zu behalten. Er lacht schelmisch und reicht mir die Handtasche.

Martin feiert bei sich zu Hause in der Wiehre, er wohnt in einer schönen Drei-Zimmer-Altbauwohnung und hat sich heute Abend nicht lumpen lassen: Es gibt Sekt und Aperol, Wodka, Gin und Rum, Bier, Weißwein und Rotwein. Doch Sebastian bringt mir eine Cola mit.

»Ich wusste nicht, was du trinken willst, deshalb habe ich dir mitgebracht, was ich trinke«, sagt er achselzuckend.

»Normalerweise trinke ich Wodka. Aber heute Abend kann ich bei Cola bleiben.«

Ich möchte um jeden Preis vermeiden, dass eine betrunkene Charlotte einen stocknüchternen Ricky um Sex anbettelt.

Der Abend ist überraschend nett, ich kenne zwar außer Sebastian und Martin keinen Menschen, aber es ist eine interessante Mischung aus Leuten um die dreißig aus allen Berufen anwesend. Nun ja, aus allen Berufen, die man studieren kann. Ich rede mit einem Lehrer, einem Staatsanwalt, zwei Architektinnen und einem Chirurgen. Und immer wieder ist Sebastian da, er bringt mir Cola, bietet mir Brezeln und Flammkuchen an, stellt mich Menschen vor und sorgt sich um mich, als würde er im nächsten Atemzug verkünden, dass wir beide uns verloben werden. Immer wieder küssen wir uns flüchtig und ich genieße es, seine Begleitung zu sein.

Es ist nach Mitternacht, als wir uns auf eines der weißen Sofas fallen lassen, uns kurz anschauen und dann für eine halbe Stunde wild knutschen. Er hat die ganze Zeit seine Hände an meinem Kopf und drückt mich fest an sich.

»Lotta«, nuschelt er in mein Ohr. »Ich habs geklärt, ich kann nicht mehr, ich will unbedingt mit dir schlafen. Jetzt. Sofort.«

Ich fühle, wie mir die Hitze ins Gesicht steigt, und stehe wortlos auf. Er schaut mich verständnislos an.

»Dann komm, lass uns gehen«, sage ich und zwinkere. Erleichtert springt er auf und wir fahren mit dem Taxi zu mir.

Zu Hause schließe ich die Wohnungstür auf, als er mich rau um die eigene Achse wirbelt und mich so heftig um die Taille packt, dass fast sein ganzer Arm herumpasst. Er küsst mich so wild, dass ich kaum ausatmen kann, und hebt mich hoch.

»Du bist so scharf«, murmelt er und trägt mich ins Schlafzimmer. Vor dem Bett bleibt er stehen, mich immer noch auf den Armen balancierend, schaut mich an und küsst mich. Er wirft mich aufs Bett und klettert hinterher. Ich verliere Kleid, Schuhe, Strumpfhose und Unterwäsche in zwei Minuten und während er mich entblättert, zieht er auch sich aus. Ich greife nach den Kondomen und er ist binnen einer gefühlten Sekunde in mir. Ich zucke kurz zusammen, so heftig ist er in mich gekommen. Doch es fühlt sich gut an. Er hält mitten in der Bewegung inne und fragt: »Hab ich dir wehgetan?«

»Alles okay«, keuche ich. »Hör nicht auf.«

Das lässt er sich nicht zweimal sagen, er reißt meinen Kopf an den Haaren nach hinten, hebt mit einer Hand mein Becken an und stößt so heftig, dass ich nicht weiß, ob ichs mögen soll oder nicht. Ich entscheide mich spontan fürs Mögen, denn es ist einfach gut. Er hält mich immer so, dass es mir keinesfalls unbequem sein könnte, und ist gleichzeitig so rabiat, dass ich das Gefühl genießen kann, genommen zu werden.

»Oh Gott«, stöhnt er. »Oh Gott, Lotta.«

Ich explodiere gleich und endlich ploppt diese bekloppte Blockade aus meinem Kopf und ich komme noch vor ihm.

Hinterher liegen wir völlig platt nebeneinander im Bett. Nackt, schwer atmend und glücklich.

»Das war der Wahnsinn«, sagt er.

»Oh ja«, sage ich.

»Ein Jammer, dass ich morgen zurückfahre.«

»Du kannst dich ja melden, wenn du wieder in der Stadt bist.«

Wir schlafen in dieser Nacht noch drei Mal miteinander und am nächsten Morgen kann ich weder richtig laufen noch sitzen und habe Kratzspuren an Schultern und Rücken. Aber gelohnt hat es sich allemal.

4. März, 01.50 Uhr

Als ich von der Toilette zurückkomme, sehe ich Sören und Paul im angeregten Gespräch.

Mir fällt ein, dass ich gar nicht weiß, wie die Geschichte mit Pauline ausgegangen ist.

»Und dann hatte sie dieses Ding auf dem Bein und ich dachte, ich spinne«, sagt Sören gerade.

»Hey ihr, stör ich?« Ich stelle mich dazu.

»Du störst nicht«, lächelt Sören.

»Setz dich«, sagt Paul und schiebt mir einen Barhocker zu.

»Paul, was ich dich noch fragen wollte: Wie ist die Geschichte mit Pauline ausgegangen? War sie diejenige, die dich für immer für die Frauenwelt verdorben hat?«, frage ich mit der Stimme eines RTL2-Nachrichtensprechers.

»Wie meinst du das?« Sören runzelt die Stirn. Ich befürchte, er weiß wirklich rein gar nichts von dem heutigen Paul. Aber ich will meinen besten Freund auch nicht in Verlegenheit bringen und so überlege ich, bevor ich antworte.

»Ich kenne Paul jetzt seit zehn Jahren. Und in diesen zehn Jahren hatte er nicht eine Freundin. Daher wundere ich mich etwas über die Geschichte mit Pauline«, erkläre ich schließlich.

»Ernsthaft, Paule?« Sören legt das Gesicht in Falten, sein Mund steht überrascht offen. »Du? Nie eine Frau?«

»Oh, Moment«, fahre ich dazwischen. »Ich habe nicht gesagt, dass er keine Frauen hat. Die hat er, aber er hat nie eine feste Freundin. Also ein und dieselbe Frau, die länger an seiner Seite ist.«

»Und du, Charlie?« Paul schaut mich spitz an. »Du hast auch nie irgendeinen Mann, der länger an deiner Seite ist.«

Er meint das nicht böse, das weiß ich, für ihn sind wir Brüder im Geiste, und das ist etwas, das ein Mann wie Paul durchaus zu schätzen weiß.

»Nicht direkt«, sage ich. »Aber ich genieße es einfach, niemandem Rechenschaft schuldig zu sein. Du hingegen erklärst das zum Lebensstil.«

»Wie auch immer«, sagt Paul und lächelt versöhnlich. »Willst du jetzt wissen, was mit Pauline war?«

»Aber sicher.«

»Das ist schnell erzählt: Sie hat mir das Herz herausgerissen.«

»Dir? Das Herz? Wie das denn?« Ich kanns kaum glauben, da hat es tatsächlich eine Frau geschafft, Paul wehzutun. Das erklärt einiges.

»Ich war bis zum Abitur, also fast drei Jahre, mit ihr zusammen, und ich habe alles für sie getan. Alles.«

»Mit ›alles‹ meint er, dass er sie begleitet hat, wohin sie auch ging«, erklärt Sören.

»Okay?«, frage ich und runzele die Stirn.

»Ich war mit ihr bei ihren Eltern, sie war bei mir zu Hause, ich habe sie von der Nachhilfe abgeholt, ich habe sie angerufen, wenn ich sie mal einen Tag nicht sehen konnte. Das war für mich normal. Ich dachte, so ist das nun mal in einer Beziehung.«

»So ist das auch nun mal in einer Beziehung«, sagt Sören lachend.

»Wie auch immer. Plötzlich hat sie sich verändert. Sie gab nichts mehr zurück. Sie rief mich nie an. Verstehst du? Nie. Sie hat sich nie mit mir verabredet. Sie hat immer nur gewartet, was ich tue. Und irgendwann war mir das zu viel. Ich habe sie gefragt, was eigentlich los sei. Und da hat sie gesagt, ich klammere zu viel und sie braucht ihre Freiheit. Sie hat gesagt, dass sie erst mal etwas Abstand haben möchte. Ich saß bei mir zu Hause auf dem Bett und habe die Welt nicht mehr verstanden. Ich habe lange geschwiegen und entgeistert in der Gegend herumgestarrt. Und dann ist sie aufgestanden und gegangen. Und hat einen Teil von mir mitgenommen. Ich habe drei Tage lang gekotzt.«

»Er meint, er hat drei Tage lang geheult«, korrigiert Sören. »Durchgehend.« Er nickt bei jeder Silbe – durch-ge-hend –, um seinen Worten noch mehr Ausdruck zu verleihen.

»Damals habe ich beschlossen, dass mir das nie wieder passiert«, erklärt Paul und schaut dabei Sören und nicht mich an.

»So«, sagt Paul plötzlich. »Noch was zu trinken? Ne Runde Schnaps vielleicht? Ach so, nee, Charlie, du nicht. Sören? Korn?«

»Klar«, sagt Sören und ich wundere mich nicht, dass Paul schnell ablenken möchte.

Paul und Pauline. Das ist es also. Das ist das, was passiert ist, damit aus Paul Paul wurde. Der Mann, der nie eine Verpflichtung eingeht, der nur ein Kopfkissen im Bett hat, damit sich niemand zu lange dort wohlfühlt, der nie wieder anruft, wenn er mit dir geschlafen hat, der Mann, der nun Angst hat, sämtliche Frauen in Freiburg aufgebraucht zu haben. Und es war Pauline aus der neunten Klasse, die ihm in der dreizehnten das Herz brach. Pauline, die Paul bewies, dass liebe Männer, die sich kümmern und sorgen und immer anrufen, manchmal nur eines sind: nervig. Danke, Pauline, denke ich bissig. Immer diese 16- bis zwanzigjährigen Mädels, die denken, dass sie unbedingt Arschlöcher brauchen, um eine Beziehung zu führen, und die sagen, dass gute Jungs nichts taugen. Und dann sagen sie das den guten Jungs auch noch und machen damit sogar die besten unter ihnen zu Arschlöchern. Jede Frau in meinem Alter sollte diesen Mädels mal gehörig den Kopf waschen, denn mit dreißig hast du die Schnauze voll von Arschlöchern, Versagern, Spinnern und Idioten. Mit dreißig willst du dich auf einen Kerl verlassen können. Mit dreißig sind die guten Jungs plötzlich Gold wert.

Ich schüttele mich und trinke den letzten Rest Spezi. Hinter der Theke taucht ein dunkelhaariger Typ mit grauen Strähnen auf. Frank!

Ich beuge mich nach vorn und nehme Blickkontakt auf. Paul sieht, was ich tue, und beobachtet die Szene gespannt.

»Entschuldige?«, beginne ich. »Du bist Frank, nicht wahr?«

»Wer will das wissen?«, fragt er mit tiefer, unfreundlicher Stimme. Ich schrecke ein Stück zurück. Plötzlich hellt sich sein Gesicht auf, er lacht und sagt in herzlichem Tonfall: »Sorry, Kleine, das wollte ich schon immer mal sagen. ›Wer will das wissen?‹ ist fast genauso schön wie ›Folgen Sie diesem Wagen‹ oder ›Diese Stadt ist zu klein für uns beide‹.« Er lacht heftig und füllt sich Bier aus dem Zapfhahn in ein Colaglas. Dann schaut er mich an. »Was kann ich für dich tun?«

»Ich bin auf der Suche nach einer Band. Also genauer gesagt nach dem Drummer.«

»Das, was gerade läuft?« Er dreht sich zum CD-Spieler.

»Nein, nein. Ich meine eine Band, die ab und zu bei euch auftritt. Bad conscience.«

»Ach, die. Klar, was willst du wissen?«

»Ich suche den Drummer. Felix.«

»Felix war vorhin hier.«

»Echt?« Mein Herz verschwindet pochend im Innersten meines Körpers, es rauscht in meinen Ohren. Er war hier. Oh Gott, er war hier. Ich kann nicht weiterdenken und weitersprechen. Er war hier. Mein Herz klopft so stark, dass ich Angst habe, meine Strickjacke könne sich rhythmisch bewegen. Plötzlich sehe ich ihn wieder vor mir. Seine schönen dunklen Haare, die kleinen Sommersprossen rund um die Augen, das liebe Lachen und diese selbstbewusste Art, die jede Bewegung umwerfend macht. Meinen Felix.

Paul übernimmt für mich: »Weißt du, wo er hin ist?«

»Ja, er wollte mit Marc in die Jackson.«

Die Jackson Pollock Bar.

»Wer ist Marc?«, fragt Paul.

»Marc ist der Sänger von bad conscience. Sie sind vor einer Stunde oder so los.«

»Charlie?« Paul dreht sich zu mir. Ich sehe immer noch Sterne. Marc. Felix. Er war hier. Sommersprossen. Jackson. Bad conscience.

»Ich würde gern bezahlen«, sagt Paul und legt einen Schein auf den Tresen. Er spricht noch kurz mit Frank und hilft mir dann hoch und in den Mantel.

Paul verabschiedet sich von Sören, während ich zum Abschied orientierungslos in den Raum hineinwinke. Als wir wieder oben sind, erschlägt mich die kalte Luft beinahe, aber wenigstens kann ich wieder klarer denken.

»Die Jackson, Paul«, sage ich. »Da ist er. Die Jackson. Gehen wir da hin?«

»Klar gehst du da hin«, bestätigt Paul und grinst. »Gehts dir gut?«

»Weiß ich noch nicht«, sage ich und laufe los.

4. März, 02.30 Uhr

Die Musik hört man schon eine Straßenecke zuvor. Die Jackson Pollock Bar gehört zum Freiburger Theater und ist einer der wenigen Clubs der Stadt, der regelmäßig mit bekannten DJs aufwarten kann. Es ist genau die richtige Mischung aus Trash und Party, die die Jackson so beliebt macht. Wir bezahlen zwei Euro Eintritt und Paul läuft am Eingang direkt einer schlanken Russin in die Arme, die ihm einen vorwurfsvollen Blick zuwirft.

»Du lebst also noch?«, fragt sie mit starkem Akzent und stemmt ihre Hände in die Hüften. Sie hat lange glatte Haare, die ihren schlanken Hals hinabfließen, hohe Wangenknochen und einen spitzen Mund. Ich würde sagen, dass sie mühelos die heißeste Frau im Raum ist. Manchmal verstehe ich Pauls Taktik nicht.

»Sicher«, sagt er zu ihr. »Bitte entschuldige, dass ich mich nicht gemeldet habe, aber mir ist etwas dazwischengekommen.«

Sie schnaubt: »Was denn? Diese kleine Schlampe hier?«

Ich bin empört: »Hey!«

»So nicht, Liska!« Paul nimmt mich am Arm und wir gehen weiter.

»Danke«, sage ich. »Wer war das denn?«

»Liska. Ich habe sie im Starbucks kennengelernt. Mir fehlten zehn Cent für meinen Kaffee und sie stand in der Schlange hinter mir und hat mir ausgeholfen.«

»Lass mich raten: Ihr habt den Kaffee zusammen getrunken, seid dann zu ihr, habt gevögelt, du hast dir eine fadenscheinige Ausrede einfallen lassen, um dich aus dem Staub zu machen, und dann hast du sie nie wieder angerufen. Stimmts?«

»Fast«, sagt Paul und grinst. »Gevögelt haben wir aber noch im Starbucks.«

»Tatsächlich?«

»Also natürlich nicht auf dem Tresen, sondern auf der Toilette. Der Rest stimmt aber.«

Er wirft ihr einen Blick zu. Sie steht auf der Tanzfläche und bewegt ihre Hüften zur Musik. Männer stehen im Halbkreis um sie herum und starren sie mit offenem Mund an.

Fast vergesse ich, warum wir hier sind.

»Und?«, fragt Paul.

»Und was?«

»Felix? Siehst du ihn?«

»Was? Wo?« Ich habe das Gefühl, meine Beine können mich nicht mehr tragen.

»Nein, ich sehe ihn nicht!«

»Ich habe Angst, Paul.«

»Wovor?«

»Vor allem. Ich kann doch nicht einfach an einem Samstag um kurz vor drei Uhr nachts in einem Club auftauchen und einem Kerl, den ich kaum kenne, um die Ohren hauen, dass er Vater wird.«

»Jetzt findest du ihn erst mal und dann überlegst du, was du wie und wann sagst. Okay?«

Paul hat recht. Ich nicke so kraftlos, dass sich mein Kopf dabei fast gar nicht bewegt. »Okay.« Ich traue mich kaum, die Augen zu heben, wie jemand, der Angst hat, das Grauen zu sehen, das soeben vor ihm passiert ist.

Paul bemerkt meine Scheu. »Wie sieht er denn aus?«

»Total gut«, sage ich und nicke eifrig.

»Das hilft mir gar nicht weiter.«

»Du hast ihn doch gesehen! Der Kerl, mit dem ich auf Marvins WG-Party Wodka getrunken habe.« Es kommt mir so vor, als sei diese Party schon Jahre her. Allerdings fühlt sich heute sogar gestern unglaublich weit weg an.

»Ich erinnere mich nicht. Hilf mir auf die Sprünge.«

»Dunkle Locken, groß, kleine Sommersprossen um die Augen«, beginne ich und hebe endlich den Blick. Es sind zwar ein paar Leute hier, einige tanzen, andere stehen an der Theke rum, ein paar haben sich auf die Sofaecken zurückgezogen, aber es ist nicht so brechend voll, dass man den Überblick verlieren könnte.

Ich lasse den Blick schweifen und immer, wenn ein Kerl ins Raster passt, schlägt mein Herz für einen Moment nicht mehr; so lange, bis ich merke, dass es nicht Felix ist. Ich kenne das von mir, so geht es mir auch, wenn mich jemand mit dem Auto abholt. Jeden Wagen, der um die Ecke kommt, identifiziere ich dann als das Modell, auf das ich warte. Es kommt vor, dass ich in einem gelben Smart einen dunklen Audi erkenne, bis er nahe genug ist, um mir zu zeigen, wie lächerlich das eben war.

»Lass uns eine Runde laufen, so bringt das nicht viel«, sage ich. Wir durchkämmen den ganzen Raum, das angrenzende Raucherareal, den Chill-out-Bereich, kämpfen uns durch die Tanzenden und kommen schließlich wieder an der Säule an.

»Das Schlechte ist: Ich glaube, er ist nicht hier«, sagt Paul. »Das Gute aber: Das da ist Marc.« Er zeigt auf einen großen, schlanken Kerl im Holzfällerhemd, der sein Haar zu einer lässigen Tolle gelegt hat.

Ich bin baff. »Woher weißt du das?«

»Ich habe Frank gefragt, was die Jungs heute anhaben und wie Marc aussieht, damit wir ihn auch erkennen können.«

»Und das erzählst du mir erst jetzt?«

»Ich erzähls dir doch. Und ich zeige ihn dir auch. Da!«

So ist es immer mit Paul, seine Pläne sind ausgebufft von vorn bis hinten und er muss unbedingt jedes kleinste Detail durchdenken. Bevor aber etwas schiefgehen könnte, hält er sich lieber zurück und legt die Karten erst dann auf den Tisch, wenn er damit auch gewinnen kann.

Marc steht allein am Tresen und trinkt Freiburger Pils aus der Flasche.

Er beobachtet die Tanzfläche und sieht ziemlich zufrieden aus. Ich merke, dass ich ihn regelrecht anstarre, und senke den Blick.

»Was mache ich denn jetzt?«, frage ich und habe unendliche Angst, dass Felix gleich neben ihm auftaucht.

»Du gehst hin und fragst«, sagt Paul und will mir einen kleinen Schubs geben. Ich aber bewege mich kein bisschen.

»Kannst du das nicht machen?« Ich schlage die Augen auf wie ein kleines Mädchen.

»Du machst das, aber ich komme mit«, schlägt Paul vor.

»Also gut«, seufze ich und bleibe stehen.

»Komm schon.«

»Und was ist, wenn Felix gleich auftaucht?«

»Umso besser.«

Ich bewege mich einen kleinen Schritt auf Marc zu. Er wirkt weder einsam noch allein gelassen und lächelt in die Runde. Ich kratze all meinen Mut zusammen und stelle mich neben ihn. Ich schaue ihn an, doch als er den Blick erwidert, drehe ich mich zur Bar und tue so, als würde ich den Barkeeper suchen. Paul schüttelt den Kopf.

»Entschuldige?«, piepse ich.

»Wie bitte?« Marcs Stimme ist tief, angenehm und dunkel. Ich kann mir mühelos vorstellen, dass er einen großartigen Sänger abgibt.

»Entschuldige«, sage ich und räuspere mich. »Du bist Marc, oder?«

»Ja.« Er dreht sich ein Stück zu mir und lächelt amüsiert. »Und du?«

»Charlotte, also Lotte. Ich bin eine, äh, Freundin, äh, Bekannte von Felix.«

»Felix, der Schwerenöter«, lacht Marc und legt dabei die Augen in lustige kleine Fältchen. Mich aber schmerzen die Worte. Ein Schwerenöter, auch das noch.

»Ja. Genau der Felix. Ist er auch hier?«

»Sorry, aber er ist vor zehn Minuten weg.«

»Oh«, sage ich und jetzt fällt mir nichts mehr ein. So kurz davor noch einmal ausgebremst zu werden ist hart zu verkraften. Ich schüttele resigniert den Kopf und suche mit den Augen nach Paul. Er steht schräg hinter mir und hat das Gespräch mit angehört. Er merkt, dass ich nicht mehr dazu in der Lage bin, den kleinsten sinnvollen Satz herauszubringen, und legt mir aufmunternd den Arm auf die Schulter.

»Charlie, willst du was trinken?«

»Gerade nicht«, sage ich und will gehen. Paul hält mich auf.

»So, Charlie, jetzt findest du noch raus, wo der Herr wohnt. Bitte.« Er nickt und schiebt mich zu Marc.

»Du, noch mal Entschuldigung«, sage ich an Marc gewandt. Herrgott, so scheu bin ich doch sonst nicht.

»Ja?« Marc lächelt immer noch freundlich, und ich finde endlich meine Stimme wieder: »Ich würde Felix gern wiedersehen, wir haben noch etwas zu klären. Könntest du mir sagen, wo er wohnt?«

Marc lässt den Blick an mir auf und ab gleiten und nickt. »Das mache ich nicht immer, aber ich mag dich, du wirkst so ehrlich«, sagt er schließlich und lässt sich einen Bierdeckel geben. Er dreht sich zur Theke und kritzelt das ganze Ding voll.

»Da.«

»Oh, danke«, sage ich und mir rutscht der Magen in die Kniekehlen. Die Erdanziehungskraft scheint von Minute zu Minute stärker zu werden. »Tschö dann!« Marc lächelt und deutet ein Winken an. »Tschüss, und viel Glück.«

Mein Gesicht pocht. Ich stecke den Bierdeckel in die Manteltasche. »Ich gehe mal kurz ins Licht, Paul«, sage ich und schiebe mich zur Toilette.

Die Toilette in der Jackson ist ein typisches Club-Klo. So versifft, dass du nicht mal in den Spiegel schauen möchtest, und doch die einzige Möglichkeit, ein wenig Ruhe zu haben. Damit hat es sich heute aber auch erledigt, es stehen zwei Mädels an und ich stelle mich dahinter. Ich stecke die Hände in die Manteltasche und drehe den Bierdeckel lange zwischen den Fingern, bis ich ihn endlich rausziehe.

»Felix« steht da und *»0178-9923556«* und *»Kartäuserstraße 18«* und *»felix@badconscience.de«* und *»Geburtstag 10.08.«* Ein Smiley ist neben das Geburtsdatum gemalt.

Da war Marc aber gründlich, denke ich und lächele. Das wars. Ich hab ihn. Ich habe alles, was ich wissen muss, um ihn finden zu können, und sogar noch mehr. Ich bin so erleichtert, dass ich hörbar ausatme. Das Mädchen vor mir dreht sich nach mir um. Ich sehe, dass ihre Wimperntusche verlaufen ist und ihre Nase rot glüht.

»Alles klar bei dir?«, frage ich.

»Voll nicht«, kräht sie und fängt an zu heulen. »Alles scheiße.«

»Um Gottes willen. Was ist denn passiert?«

»Dieser Vollidiot fickt diese andere und fickt mich und fickt überhaupt alles.« Sie schnäuzt sich in eines dieser rauen Kosmetiktücher, die zum Händeabtrocknen gedacht sind. Kein Wunder, dass ihre Nase wie eine Verkehrsampel leuchtet.

»Komm, erzähl«, sage ich.

»Der fickt einfach alles«, wiederholt sie.

»Wer? Dein Freund?«, mischt sich das erste Mädchen in der Schlange ein.

»Nein. Also ja, ich weiß nicht. Ich dachte, er ist mein Freund«, heult sie. Ihre schwarzen Haare sind völlig zersaust und sie sieht aus, als käme sie geradewegs aus einem Kampf.

»Was ist denn passiert?«, fragt die andere.

»Also, wir sind zusammen hier und dann kommt diese blöde Ische und küsst den einfach«, erzählt die Schwarzhaarige. »Einfach so. Weißt du, mitten auf den Mund und so. Und ich so: ›Ey, wat soll das?‹ Und sie so: ›Wer bist du denn?‹ Und er so: ›Reg dich nicht so auf.‹« Sie unterbricht sich und schluchzt. »*Reg dich nicht so auf.* Ich mein, ich bitte dich, hallo? Gehts noch?« Sie wischt sich über die Augen und verteilt Mascara unrettbar über ihr halbes Gesicht.

»Ich glaube, kaltes Wasser würde dir guttun«, sage ich und zeige auf den Wasserhahn. Sie gehorcht sofort, lässt sich Wasser übers Gesicht laufen und trinkt es direkt aus dem Hahn. »*Reg dich nicht so auf.* So ein Arschloch!«, prustet sie.

»Das kenne ich«, sage ich beschwichtigend. »Es gibt einfach Männer, die habens nicht drauf.«

»Drauf hat ers schon. Der fickt wie noch nie einer«, entgegnet sie und schluckt einen ganzen Mund Leitungswasser hinunter.

»Ach?«, wird das andere Mädchen neugierig und zieht eine Augenbraue hoch. »Wie denn?«

»So richtig, halt«, sagt die Schwarzhaarige. Kleine Make-up-Reste hängen ihr noch in den Augenwinkeln, aber sie sieht zumindest nicht mehr aus wie ein Zombie. »Ich mein so richtig, nicht so, ey, geil, runter, rauf, rein, raus, sondern so mit Liebe.«

»Mit Liebe?«, frage ich erstaunt.

»Weißte, der schaut dir in die Augen beim Ficken. Voll geil.«

»Die ganze Zeit?«, fragt die andere. »Das mag ich gar nicht.«

»Ich finds voll geil. Dann biste so richtig bei dir. Verstehste?« Sie zieht die Nase hoch und sucht nach weiteren Kosmetiktüchern. Ich reiche ihr eins.

»Aber nur weil er geil ficken kann, heißt das nicht, dass er kein Arschloch ist«, stelle ich fest.

»Ich weiß, ey! So ein Mistkerl.«

»In die Augen schauen mache ich nur beim Blasen«, meint das andere Mädchen.

»Wat?«, sagt die Schwarzhaarige. »Dat mach ich nie.«

»Ist total gut, beim Poppen find ichs aber doof.«

»Machst dus immer, wenn du einen bläst?«

»Das kommt auf den Kerl an«, erklärt das andere Mädchen und lacht.

»Wieso?«

»Es gibt ein paar Jungs, die stehen so sehr auf dieses Ich-bin-der-King beim Blasen, da mach ichs nicht. Andere, die einfach genießen, schaue ich gern dabei an.«

»Ich blase eh voll selten«, meint die Schwarzhaarige. »Nur wenn ich einen schon voll gut kenne und so. Sonst nicht.«

»Ich poppe auch lieber«, sagt die andere.

Mir wird schlecht. Oh Gott, was machen denn diese Mädels? Das ist ja furchtbar. Poppen, ficken, blasen, ich bin der King. Sie wirken völlig bekloppt. Ich muss hier raus. Das hat mit mir nichts zu tun. Immer dachte ich, Sex sei nur schmutzig, wenn er richtig gemacht wird, aber das hier ist zu viel für mich. Das ist belanglos und lieblos. So will ich nicht sein. Ich stolpere aus dem Neonlicht zurück auf die Tanzfläche und suche Paul. Er steht bei einer großen Dunkelhaarigen an der Theke und schüttelt seine Haare beim Lachen. Ich stehe unschlüssig in der Gegend herum und weiß nicht, was ich tun soll. Aber ich möchte Paul nicht stören und gehe zur Theke.

»Ein Wasser bitte.«

»Wasser?«

»Ja, bitte.«

Ich hole den Bierdeckel aus dem Mantel und drehe ihn in den Fingern. Ich starre auf die Buchstaben, da steht der Kontakt zum Vater meines Kindes. Oh Gott. Je länger ich an Felix denke, desto mehr denke ich, dass das klappen könnte. Die Mädels auf dem Klo haben mir den Rest gegeben. Belangloses Rumgeficke kommt für mich nicht mehr infrage. Mich schüttelt es allein bei dem Gedanken daran. Ich nehme einen Schluck von dem eiskalten Wasser und plötzlich fällt mir Tobi ein. Das war so lange belanglos, bis er mehr sein wollte als nur mein Fickfreund. Und damit wurde es zu viel für mich.

Lotte und Tobi

Januar vor vier Jahren

Ich schlage die Augen auf und halte mir den Kopf. Mein Schädel droht zu zerspringen und meine Zunge ist genauso pelzig wie mein Herz. Ich weiß überhaupt nicht, wo ich bin. Im Zimmer sieht es aus, als seien Einbrecher gerade mit ihrem Job fertig geworden. Überall liegen Klamotten, ein übervoller Aschenbecher steht neben dem Bett und auf dem Boden liegt meine Tasche. Ich schaue an mir herunter und sehe, dass ich ein mir unbekanntes blaues Puma-Shirt trage. Neben mir atmet ein Kerl, den linken Arm um meine Hüfte geschlungen, den rechten unter seinem Kopf vergraben. Langsam kommt die Erinnerung zurück.

Ich war gestern mit Bea und Steffi aus, wir haben gefeiert, geraucht und noch mehr getrunken und plötzlich war er da und wich mir nicht mehr von der Seite. Wir gingen raus auf eine Kippe und es endete, wie eine solche Situation immer endet: mit einem Kuss. Zumindest in meinem Leben. Ich. Er. Harter Pegel. Nette Gespräche. Knutschen. Gehen. An die Nacht kann ich mich nicht mehr erinnern, schließe aber aus der Tatsache, dass ich sein T-Shirt trage, dass wir Sex hatten. Ich klettere aus dem Bett und schleiche aus dem Zimmer. Ich suche das Bad und finde es auf Anhieb. Ich lasse mir kaltes

Wasser ins Gesicht laufen und gehe zurück ins Schlafzimmer. Er schläft immer noch. Unschlüssig stehe ich an der Tür und weiß nicht, ob ich mich anziehen und verschwinden oder mich zumindest verabschieden soll. Er nimmt mir die Entscheidung ab, indem er die Augen aufschlägt, sich suchend umblickt und erleichtert lächelt, als er mich in seinem T-Shirt, das mir fast bis zu den Kniekehlen reicht, an der Tür stehen sieht.

»Du bist noch da«, stellt er fest.

»Ja«, erwidere ich und drehe meine Fußspitzen in den Boden.

»Gehts dir gut?«

»Um ehrlich zu sein, habe ich Kopfschmerzen, dass es Peng macht, und weiß weder, wo ich bin, noch …« Ich verstumme. Das klingt einfach zu schrecklich.

Er lacht ein lautes, herzliches Lachen und streckt die Arme nach mir aus. »… noch wer ich bin, hmm?«

»Ja. Sorry. Wirklich«, sage ich und meine es ernst. »Ich weiß fast gar nichts mehr. Meine Güte, war ich betrunken.«

»Ich weiß, ich habe dich ins Bett gebracht, weil aus dir absolut nicht herauszubringen war, wo du wohnst.«

Ich setze mich auf die Bettkante und schlage meine nackten Beine übereinander. »Entschuldigung. Aber es war einfach ein bisschen zu viel gestern.«

»Ich weiß«, lacht er. »Willst du einen Kaffee?«

»Ja, bitte, und eine Kopfschmerztablette.«

Er steigt aus dem Bett und ich sehe, dass er dunkelblaue Boxershorts trägt, er zieht sich ein Shirt über und verlässt den Raum. Ich klettere aufs Bett und lege mir die Decke über die Beine. Verdammt noch mal, ich kann doch nicht einfach vergessen haben, dass ich mit einem wildfremden Kerl geschlafen habe.

Er kommt zurück, drückt mir eine Tablette in die Hand und bringt Kaffee und Wasser.

Ich setze mich auf. Ich schlucke erst die Tablette und trinke dann vom heißen Kaffee.

»Super, danke.« Ich schaue ihn an. Erleichtert stelle ich fest, dass er echt süß aussieht: ganz kurze Haare, eine kleine Narbe auf der Stirn und eine athletische Figur mit schönen Schultern und Armen. Ich habe selbst im Suff Geschmack, denke ich, und lächele in mich hinein.

»Gehts dir besser?«, fragt er und setzt sich neben mich.

»Wird gerade. Du hast mich also mit zu dir nach Hause genommen?«

»Ja, wir haben vorm Drifter's geknutscht und ich habe gemerkt, dass du kaum noch stehen kannst. Also habe ich ein Taxi gerufen und wollte dich nach Hause bringen. Aber du konntest mir deine Adresse nicht nennen, hast dich an meine Schulter gekuschelt und ›Zu dir‹ genuschelt. Also dachte ich, es sei die beste Idee, dich hierherzubringen.«

»Danke«, sage ich und zupfe am T-Shirt.

»Ich habe dich umgezogen, unsere Klamotten von gestern riechen wie ein Aschenbecher. Aber sonst war nichts. Ehrlich.«

»Ehrlich nicht?«, frage ich überrascht.

»Natürlich nicht«, bestätigt er. »Ich werde doch nicht mit einer Frau schlafen, die so betrunken ist, dass sie ihren eigenen Namen nicht mehr weiß. Apropos, wie heißt du denn eigentlich?«

»Charlotte. Und du?«

»Tobi.«

»Freut mich.« Ich lächle.

»Und mich erst«, sagt er grinsend.

Ich stelle den Kaffee zur Seite und lege eine Hand auf seinen Nacken. Er schaut mich an, beugt sich zu mir und küsst mich. Wir fallen rücklings aufs Bett und ich ziehe ihm das Shirt über den Kopf. Ich schlinge meine Beine um ihn und ziehe ihn ganz nah an mich heran, er schiebt seine Hände unter mein Shirt und es mir über den Kopf. Ich zittere und lasse ihn an meinen Brustwarzen lecken. Er fingert Kondome aus der Schublade, zieht erst mich und dann sich aus und schaut mich an, während er in mich kommt. Ich lasse ihn mich hart nehmen. Das Bett quietscht und mein Kopf stößt gegen das Bettende, aber das macht nichts. Es geht nichts über einen Guten-Morgen-unbekannter-Kerl-Fick. Wir bleiben den ganzen Tag im Bett, bestellen Pizza und schauen DVDs. Tobi ist damit aus dem Stand heraus einer der besten One-Night-Stands, die ich je hatte. Von diesem Tag an führen wir unregelmäßig unsere unprätentiösen Vögel-Pizza-DVD-Treffs fort und zwar so lange, bis er mir eines Tages erzählt, dass er nach Basel zieht, und fragt, ob ich mitkommen will. Ich will nicht.

4. März, 03.30 Uhr

Das Wasser ist leer und meine Finger sind kalt von der kühlen Flasche. Plötzlich steht Paul neben mir.

»Großer Gott, Charlie. Da bist du ja. Ich habe dich überall gesucht.«

»Ich wollte dich nicht stören, du sahst aus, als seist du in einem guten Gespräch.«

»Ach das? Das war nichts«, sagt Paul und schaut sich um. »Was steht denn nun auf dem Bierdeckel?«

»Alles, Paul. Name, Adresse, E-Mail, Telefonnummer und sogar sein Geburtstag.«

»Klasse. Und jetzt? Rufst du an?«

»Jetzt?« Ich drehe Pauls Handgelenk, damit ich auf seine Uhr sehen kann. »Es ist halb vier. Auf keinen Fall. Ich denke, ich gehe morgen einfach vorbei.«

»Einfach so?«

»Ja. Ich möchte es ihm nicht am Telefon erzählen und ihn anzurufen, um ihn auf ein Date zu bitten, fände ich auch komisch nach all den Wochen ohne Kontakt.«

»Na gut, du musst es ja wissen.«

Ich überlege – vielleicht hat Paul recht und es ist keine gute Idee, einfach bei ihm an der Haustür aufzutauchen. Andererseits möchte ich es ihm so schnell wie möglich sagen und das lieber persönlich tun. Immerhin bin ich von dieser Neuigkeit ebenso überrumpelt, wie er es vermutlich sein wird.

»Dann kannst du ja jetzt nach Hause gehen«, sagt Paul. »Das tue ich auch.«

»Oder wir gehen noch auf ein Getränk ins Café Ruf«, schlage ich vor. Ich bin seltsamerweise überhaupt nicht müde.

»Oder so.« Paul zieht seinen Mantel an.

Paul und ich gehen am Theater vorbei Richtung Stadtmitte. Nebel ist aufgezogen, es ist noch kälter geworden als zuvor, und ich fröstele schon wieder. Um uns herum stolpern Pärchen und Grüppchen durch die Nacht. Die meisten Mädels können auf ihren Schuhen kaum noch laufen, Dorf-Jungs pöbeln ihnen hinterher.

»Willst du ihm wirklich jetzt schon Bescheid sagen, Charlie?«, fragt Paul. »Ich meine, jetzt, wo du weißt, wie und wo du ihn findest, kannst du dir doch noch Zeit lassen.«

»Das will ich aber nicht. Ich will das jetzt sofort loswerden. Und ich bin wahnsinnig gespannt, was er sagt. Und gleichzeitig hab ich wahnsinnig Angst davor.«

Wir laufen schweigend weiter, bis wir vorm Café Ruf stehen. Das ist einer der merkwürdigsten Läden in der ganzen Stadt. Es handelt sich eigentlich um eine Bäckerei, aber es gibt einen Club im Keller und an den Wochenenden hat das Ruf quasi durchgehend auf. Ich weiß gar nicht, ob sie überhaupt jemals letzte Runde machen, aber ich bin in jedem Zustand, sternhagelvoll oder wieder nüchtern, auch schon morgens um neun Uhr aus dem Laden gestolpert. Hier trifft sich nach Partyende alles, was noch Puste und immer noch nicht genug hat. Es gibt warme Schinken-Käse-Croissants, Kakao und Kaffee, aber auch Bier und Schnaps. Auf kleinen Holzstühlen versammelt sich die Masse der Nacht und atmet noch einmal durch, bevor es ins Bett geht – ins eigene oder in ein fremdes. Ich bin gern im Ruf. Die Maskerade der Nacht zählt hier nicht mehr, die Schminke ist verlaufen, der Schnaps bereits geschluckt, und wer bis jetzt niemanden abgeschleppt hat, wird vermutlich allein nach Hause gehen. Es ist nicht mehr nötig, auf dicke Hose zu machen. Was jetzt kommt, sind ofenwarme Croissants und heißer Kakao. Ein heimeliges Gefühl, bevor die Rivalen der Nacht den Heimweg antreten. Ein letztes Durchatmen, bevor sich der Vorhang schließt.

Drinnen brennt warmes, gelbes Licht, der Wirt lacht und ich bin froh, Mantel und Schal wieder auszuziehen und meine kalten Finger zu wärmen. Paul und ich bleiben an der Theke stehen und bestellen einen Cappuccino und eine heiße Milch.

»Na hallo«, lallt ein junges Mädchen neben Paul. »Willst du nicht mit uns Kaffee trinken?« Sie zeigt auf den Ecktisch, an dem auf acht Plätzen fast zwanzig Leute sitzen. Ihre Augen sind glasig, ihr Blick schwer und sie hält sich an der Theke fest.

»Richtig, will ich nicht«, sagt Paul und zwinkert ihr zu. Er dreht sich wieder zu mir.

»Das war aber rüde.«

»Pff«, macht Paul. »Siehst du die da?« Er zeigt auf ein rothaariges Mädchen mit dunkel geschminkten Augen und Fellkragen, das am Tisch sitzt.

»Ja«, nicke ich und puste auf meine Milch.

»Die hat mich mal auf einem Kickertisch gevögelt.«

Überrascht pruste ich viel zu stark auf den Schaum, und er spritzt auf meinen Unterarm und die Theke.

»Wie bitte?«

»Ernsthaft«, sagt Paul so trocken, als hätte er mir eben erzählt, dass er noch einen Kaffee möchte.

»Dich? Auf dem Kickertisch gevögelt? Wie vögeln Mädels überhaupt Jungs?«

»Das geht, es passiert selten, aber es geht. Ich hatte sogar fast die Stäbe im Arsch.«

Ich lache so heftig, dass ich mich verschlucke. »Alter, erzähl mir die Story. Bitte!«

»Also«, beginnt er und wirft der Rothaarigen einen Blick zu, der zwischen Bewunderung und Resignation schwankt. »Wir waren auf einem Uni-Seminar in einer Jugendherberge im Schwarzwald. Beim Abendessen hat sie sich neben mich gesetzt und mir wie selbstverständlich die Hand unterm Tisch aufs Bein gelegt. Ich war so überrascht, dass ich gar nichts sagen konnte. Sie ließ den ganzen Abend lang ihre Hand auf meinem Knie. Ab und zu hat sie ein bisschen zugedrückt oder auf und ab gestreichelt und mich dabei angesehen. Ich war so angetörnt, dass ich dachte, sie könne meine Erektion durch die Hose spüren. Aber dann geschah nichts. Nach dem Essen ließ sie mich los und tat den restlichen Abend so, als würde sie mich überhaupt nicht kennen. Ich war verwirrt, aber scharf und ließ den Dingen einfach ihren Lauf. Ich gab irgendwann auf, als ich sie nicht mehr entdecken konnte. Kurz bevor ich schließlich ins Bett wollte, ging ich noch mal runter in den Aufenthaltsraum im Untergeschoss und holte mir einen Gin. Ich hatte schon am ersten Tag gesehen, wo sie die Flaschen bunkern. In dem Moment, in dem ich mir ein Glas eingeschenkt hatte und mich zur Tür drehen wollte, erschien sie darin. Sie lehnte sich gegen den Rahmen, zog ihren Pullover in der nächsten Sekunde aus und kam auf mich zu. Ohne ein Wort zu sagen, drückte sie mich gegen den Kickertisch, zog meine Hose runter und ihren Rock hoch, und ehe ich wusste, was geschah, saß sie auf mir. Sie küsste mich wild und ritt mich hart. Es war ziemlich geil. Danach stand sie wortlos auf und verschwand.«

»Dieses rothaarige Mädchen dort?«, frage ich ungläubig.

»Genau die.«

»Wie lange ist das her?«

»Weiß nicht, so fünf Jahre?«

»Das klingt wie ein Porno.«

»Charlie, mein Leben ist ein Porno. Aber nicht ganz so billig.« Paul grinst.

»Ach komm schon, du alter Angeber«, sage ich und klopfe ihm freundschaftlich aufs Bein. Er zuckt zusammen.

»Oh sorry, macht dich das jetzt auch scharf?«, witzele ich.

»Haha! Sag mal, du hast doch auch irgendwann hier mit einem Kerl unterm Tisch rumgemacht, oder? Der aus der Beatbar.«

»Ja, stimmt, mit Jan.« Ich erinnere mich. Das war auch ziemlich heiß.

Lotte und Jan

Juni vor zwei Jahren

»Oh, der ist scharf«, sage ich.
»Wer?«, fragt Paul.
»Der Typ da mit der Glatze.«
»Der da? Ich weiß nicht.«
»Total. Ich geh da jetzt hin. Nein, oder doch nicht. Mist.«

Paul und ich sind in der Beatbar Butzemann im Stühlinger. Man sagt, man sei *im* Stühlinger, nicht *in* Stühlinger. Und das ist nur eine der vielen Besonderheiten dieses Freiburger Stadtteils: Es ist das einzige echt urbane Stadtviertel, die Infrastruktur steht der in Frankfurt oder Hamburg in nichts nach, die Party wummert bis morgens, die Kneipen sind urig, die Locations alternativ-cool und die Leute ebenso. Und die Beatbar Butzemann ist ein ganz spezieller Schuppen in diesem ganz speziellen Stadtteil. Es wird drinnen geraucht, die Drinks kosten nur vier Euro und haben mehr Rum als Cola gesehen; die Wände sind mit Postern von Rockbands tapeziert und jeder kennt jeden. Nur ich kenne diesen süßen Typen nicht. Noch nicht. Ich habe eine Laune wie ein Bär im Honigtopf.

»Hallo«, trompete ich und stelle mich neben den Glatzkopf.
»Hey«, sagt er.
»Ich bin Lotte.«

»Ich bin Jan.«

»Das ist Paul.«

»Und das ist Thomas.«

»Die Herren? Die Dame? Schnaps?«, fragt Paul und stellt sich neben uns.

Alle nicken und Paul besorgt eine Runde Sambuca. Wir stoßen an und ich sehe Jan dabei in die Augen. Wir schlucken das pappige Zeug hinunter und Thomas seufzt.

»Was ist denn mit dir los?«, frage ich und lecke klebrigen Sambuca von meinen Lippen.

»Liebeskummer«, flüstert Jan.

»Oh nein«, sage ich mitfühlend.

»Nichts da«, sagt Paul. »Noch einmal vier Sambuca bitte.«

»Paul, ich habe meinen noch im Gesicht kleben«, sage ich.

»Macht nichts«, entgegnet Paul und bezahlt auch die neue Runde.

»Hmmm«, schnurrt Jan. »Im Gesicht kleben …«

Ich lächele ihn an. Leichtes Spiel, denke ich, und stelle mich noch ein bisschen näher zu ihm.

»Also, was ist los, Thomas?«, frage ich.

Thomas ist ein kleiner Kerl mit dunkelblonden Strubbelhaaren und wasserblauen Augen, die in tiefe Falten gelegt sind.

»Angie hat mich verlassen«, sagt er, trinkt den Sambuca in einem Rutsch aus und knallt das Glas auf die Theke. »So wie Kathrin vor ihr und Sarah vor ihr und Eva in der Schule. Immer dasselbe.« Seine Stimme ist schwer und er wirkt so trübsinnig wie ein Maiglöckchen im November.

»Thomas hat ein bisschen, wie soll ich sagen, Pech mit den Frauen«, erklärt Jan und legt unauffällig einen Arm um meine Hüfte. Ich schmiege mich an ihn und genieße die Berührung.

»Scheißweiber«, grummelt Thomas und Jan lockert den Griff.

»Ach komm«, sagt Paul. »So einfach ist das nicht. Wenn etwas schiefgeht, hat das meistens einen Grund.«

»Nein«, sagt Thomas. »Oder doch, ja. Der Grund diesmal heißt Uwe. Wirklich, der Typ, für den ich verlassen wurde, heißt Uwe. Uwe! Das klingt, als könnte es ein Freund meines Vaters sein, dabei ist dieser Uwe«, er spricht den Namen wie in Gänsefüßchen gepackt aus, »gerade mal 26. 26! Uwe, so ein Scheiß.«

»Ach Gott«, sage ich. »Das tut mir echt leid.«

»Passt schon«, sagt Thomas und trinkt einen großen Schluck Bier. »Irgendwann gehts wieder. Irgendwann gehts immer.« Er schnaubt und dreht sich zum Barkeeper. »Vier Sambuca, bitte.«

Wir stoßen schweigend an und Jan schaut mir lange in die Augen, bevor er das Glas zum Mund hebt. Sein Arm liegt wieder fester um mich und ich strecke meine Hand nach seiner aus. Er hält sie hinter meinem Rücken fest, sodass uns Thomas nicht sehen kann.

»Da sind noch mehr Fische im Teich«, meint Paul.

Thomas grummelt: »Ja, ja, andere Mütter haben auch schöne Töchter. Ich weiß. Bringt mir aber nichts.«

»Komm, das ist nett gemeint, aber das hilft heute nicht«, sagt Jan zu Paul.

»Das war kein Ratschlag«, entgegnet Paul und lacht ein gewinnendes Lächeln. »Das war ein Hinweis.«

»Wie bitte?«, fragt Thomas.

Aber Paul antwortet nicht. Stattdessen dreht er sich um, lehnt sich mit den Ellenbogen auf den Tresen und schaut in den Raum. Sein Blick bleibt an zwei blonden Mädels hängen, die neben uns auf Barhockern am Fenster sitzen. Ich schätze sie auf Anfang zwanzig. Er lächelt und dreht sich dann so heftig um, dass er ein Halstuch, das auf dem Barhocker deponiert war, auf den Boden fegt. Er hebt es blitzschnell auf und drückt es Thomas in die Hand. Der schaut ihn verwirrt an. Paul deutet auf die Mädels, die im Gespräch miteinander vertieft sind, dann auf das Tuch und dann auf ihn. Thomas versteht nicht. Paul zuckt mit den Schultern, tippt ein Mädchen an, lehnt sich wieder an die Theke und schaut in unsere Richtung. Das Mädchen dreht sich um, sucht nach dem Antipper und entdeckt Thomas, der immer noch das Tuch in der Hand hält. Er reagiert nicht.

»Ja?«, fragt die Blonde und hebt die Augenbrauen.

Paul verdreht die Augen.

»Äh«, macht Thomas.

»Gehört das euch?«, erbarmt sich Paul und zeigt auf das Tuch in Thomas' Hand.

»Oh ja, danke«, sagt die Blonde und nimmt das Tuch. Bevor sie sich wieder zu ihrer Freundin drehen kann, sagt Paul: »Oh, warte kurz.« Er nimmt ihr das Tuch wieder aus der Hand und betrachtet es im Licht.

»Du, da ist, glaube ich, ein Brandfleck drauf«, sagt er und will ihn ihr zeigen.

Frauen von Freundinnen separieren, denke ich und lächele. Thomas versteht es nicht.

»Tatsächlich?«, fragt die Blonde und steht von ihrem Barhocker auf.

»Hmm«, macht Paul und dreht das Tuch unter der dämmrigen Beleuchtung.

»Oh nein, das habe ich von meiner Mutter geschenkt bekommen.«

»Das ist aber schade«, sagt Paul. »Der ist von Bulgari, oder?«

»Ja. Woher weißt du das?« Sie ist echt beeindruckt.

»Das sieht man«, erklärt Paul, legt eine Hand auf ihren Rücken und fragt: »Willst du was trinken?«

»Gern. Einen Sekt auf Eis nehme ich.«

»Und deine Freundin?« Er schaut die andere an.

»Lisa? Sekt?«, fragt die Blonde.

»Immer«, lacht Lisa.

»Das ist übrigens mein Freund Thomas.« Paul schiebt Thomas so hin, dass er zwischen den Barhockern zu stehen kommt.

»Hi«, sagt Lisa. »Ich bin Lisa.«

»Äh, hallo«, sagt Thomas, völlig verdattert von Pauls Aktion. Das bin ich nicht. Ich kenne Paul, er schafft es immer, dass genau die Mädels mit ihm sprechen, mit denen er sprechen will, und es würde mit dem Teufel zugehen, wenn er es nicht schafft, heute noch Thomas zu vermitteln.

»Thomas ist Fallschirmspringer«, verkündet Paul.

»Echt?« Lisa macht große Augen. »Wie aufregend.«

»Äh, ja?«, sagt Thomas und schaut Paul an. Dieser nickt heftig und Thomas fasst endlich Mut. »Ja, bin ich. Aber hauptsächlich fliege ich Hubschrauber.«

»Das ist ja cool.« Lisa lächelt ein strahlend weißes Lächeln.

»Respekt«, sagt Jan anerkennend zu mir.

»So ist Paul immer«, lache ich. »Aber Thomas hat auch nicht schlecht reagiert. Hubschrauberpilot, Hut ab.«

»Thomas ist wirklich Hubschrauberpilot bei der Bundeswehr.«

»Ach was? Das glaubt Paul nie. Großartig!«

Pauls Maschen sind legendär. Was ihn selbst angeht, bleibt er zurückhaltend bis geheimnisvoll, aber wenn er einen Kumpel unter die Haube bringen möchte, zieht er vom Leder, dass es nur so kracht. Er ist stets zutiefst beeindruckt, wenn der andere mitzieht. Zu einem gelungenen Aufriss gehöre, immer nickend zu bestätigen, was der andere über sich selbst oder über dich erzählt, sagt Paul. Nichts sei schlimmer, als vor Ladys eine Diskussion zu starten oder sich in einer Story zu verheddern. Dass Thomas allerdings wirklich Hubschrauber fliegt, wird er so schnell nicht schnallen.

Jetzt, da Thomas versorgt scheint, dreht sich Jan mit dem Rücken zur Theke und zieht mich zwischen seine Beine.

»Lotte, willst du noch etwas trinken?«

»Wodka.«

»Kommt sofort. Pur?«

»Ja.«

Er bestellt zwei Wodka und wir stoßen an.

Jan legt eine Hand auf meinen Hintern und lächelt. Ich stelle mich so hin, dass meine Hüften von seinen Oberschenkeln umschlossen werden, und schaue ihn an.

»Süß bist du«, sagt Jan.

»Danke. Du auch.«

»Süß sagt man nicht, oder?«

»Nicht wirklich. Aber ich finds okay. Ich weiß aber, dass man es nicht zu Männern sagt. Statt süß muss man ›Du bist sehr männlich‹ sagen oder ›Du bist echt wahnsinnig stark‹ oder so.«

Jan lacht und stellt sein Glas ab. Er zieht mich an meinen Schultern zu sich und beugt sich runter, um mich zu küssen.

Ich schließe die Augen und neige den Kopf, doch seine Lippen berühren mich nicht. Thomas steht plötzlich neben uns.

»Hey, was ist los?«, fragt Jan.

»Nichts, wieso?«, sagt Thomas unschuldig und nimmt einen Schluck von dem Bier, das er in der Hand hält.

»Was ist mit dem Mädel?« Jan nickt zu den beiden blonden Frauen neben uns. Lisa sitzt allein am Tisch und die andere spricht lachend mit Paul.

»Was soll mit ihnen sein?«

»Alter«, sage ich. »Diese Lisa mag dich.«

»Echt?«, fragt Thomas wenig interessiert und nimmt noch einen Schluck Bier.

»Echt!«, bestätige ich. »Also?« Ich will nicht unhöflich sein und ihn loswerden, doch ich habe das Gefühl, dass das mit Jan niemals klappt, solange der liebeskranke Thomas danebensteht.

»Also was?«

»Ran an die Buletten«, scherze ich. »Was hast du denn zu verlieren?«

Thomas blickt sich um und beobachtet Lisa, sie schaut aus dem Fenster und sieht ziemlich verloren aus.

»Also dann«, seufzt er, leert das Glas und stellt sich neben sie.

»Na also.« Ich wende mich wieder Jan zu.

»Der Arme«, sagt er.

»Ich weiß. Verlassen werden ist scheiße.«

»Ja, vor allem, weil ihm das ständig passiert. Keine Frau bleibt länger als allerhöchstens zwei Jahre. Und es ist immer dasselbe: große Liebe, zusammenziehen, Friede, Freude, Eierkuchen. Und dann, zack, bumm, peng, aus heiterem Himmel kommt irgendwas auf die beiden niedergesaust, entreißt sie und lässt Thomas zerstört zurück.«

»Er ist bei Paul in guten Händen.«

»Wer ist eigentlich Paul?«, fragt Jan.

»Wie meinst du das?«

»Ich meine, er ist offensichtlich nicht dein Freund. Wer ist er dann?«

»Paul ist mein bester Freund. Er ist ein bisschen eigen, aber ich mag ihn.«

»Okay«, sagt Jan und legt beide Hände auf meine Hüften. Er schaut mich lange an und sagt nichts. Ich erwidere den Blick und spüre ein Mach-schon-Kribbeln. Emanzipation hin oder her, ich mache beim Küssen so gut wie nie den ersten Schritt. Ich sende Signale, das muss reichen.

Jan lässt plötzlich meine Hüften los und sagt: »Ich muss mal kurz aufs Klo.«

Ich mache einen Schritt zur Seite und lasse ihn durch. Er drängelt sich an den anderen vorbei und verschwindet im Männerklo. Eine Sekunde später steht Paul neben mir und bestellt vier Sambuca. »Ihr auch?«

»Warum nicht«, sage ich.

Er schaut mich vielsagend an: »Und? Der Glatzkopf, geht da was bei euch?«

»Weiß ich noch nicht, aber ich denke schon. Er ist super, aber er traut sich noch nicht so richtig.« Ich zucke mit den Schultern.

»Charlie, irgendwann, wenn du mal groß bist, wirst du lernen müssen, wie man einen Mann zuerst küsst.«

»Vergiss es«, lache ich und zwicke ihn in den Oberarm. »Und bei dir?«

»Julia ist echt cool. Eigentlich war sie ja nur Mittel zum Zweck, damit Thomas Trauerkloß an eine Frau kommt, aber sie ist witzig und eloquent und weder auf den Kopf noch auf den Mund gefallen.«

»Oha, Paul, so kenne ich dich ja gar nicht.«

»Quatsch, klar kennst du mich so. Die erste Begeisterung ist die beste.« Er zwinkert mir zu. »Aber Thomas macht seine Sache auch nicht so schlecht. Hubschrauberpilot, wer kommt denn auf so was?«

»Paul, er ist übrigens wirklich Hubschrauberpilot. Du hast ihm mit der Fallschirmspringergeschichte die perfekte Sprungschanze geboten.«

»Erzähl keinen Scheiß!«

»Ernsthaft!«

»Genial«, lacht Paul, schiebt zwei Sambuca zu mir und balanciert vier zu den Barhockern. Er verteilt sie und dreht sich noch einmal kurz um, um mir aufmunternd zuzunicken.

Jan taucht wieder auf und sieht die Sambuca. »Herrje, noch einen?«

»Aber klar«, sage ich und drücke ihm ein Glas in die Hand. »Prost!«

»Zündet man Sambuca normalerweise nicht an und trinkt ihn mit Kaffeebohnen?«, fragt er, nachdem er seinen bereits ausgetrunken hat.

»Normalerweise schon«, entgegne ich. »Aber Paul und ich nicht. Keinen Firlefanz im Schnaps. Deshalb mag ich Wodka am liebsten pur, und Paul trinkt Gin ohne Tonic. Das allerdings finde selbst ich gewöhnungsbedürftig.«

»Sag mal, und zwischen euch läuft echt nichts?«

»Nein, tut es nicht, war nie, wird nie. Keine Sorge.« Ich lächele ihn an. Ich bin das gewohnt, alle Welt denkt, ich schlafe mit Paul. Das liegt aber schlicht daran, dass sich die meisten

Menschen keine Freundschaft zwischen Mann und Frau vorstellen können.

»Dann ist ja gut«, meint Jan und ein kleines Leuchten blitzt in seinen Augen auf. Er schwingt einen Arm um meine Hüfte, zieht mich ganz nah an sich und küsst mich endlich. Ich schmecke Sambuca und Bier, aber auch eine warme, weiche Zunge, die sich geschickt zu bewegen weiß. Er hält meinen Kopf in beiden Händen und beugt sich liebevoll über mich, sodass ich fast vergesse, wo wir sind. Ich stehe zwischen seinen Beinen auf den Zehenspitzen und halte mich an seinen Oberschenkeln fest. Plötzlich spüre ich eine Hand auf meiner Schulter. Ich drehe mich irritiert um. Paul würde mich niemals anfassen, während ich einen anderen küsse. Es ist auch nicht Paul. Es ist Thomas.

»Die Mädels wollen los«, sagt er.

Ich löse mich etwas von Jan und frage: »Wohin?«

»Nach Hause, schätze ich. Es ist fast halb fünf.«

»Oh«, mache ich und schaue nach Paul. Er hilft Julia gerade in ihre Jeansjacke und winkt mir zu.

»So wie es aussieht, wird Paul Julia nach Hause begleiten«, sage ich zu Thomas. »Frag du doch Lisa, ob wir noch auf einen Absacker ins Café Ruf gehen.«

»Gute Idee.« Jan nickt und legt die Hände auf meinen Hintern. Doch statt mich noch einmal zu küssen, beobachtet er das Gespräch zwischen Thomas und Lisa.

Sie scheinen sich zu einigen.

»Geht doch schon mal vor«, sagt Jan, als die beiden neben uns stehen. »Wir kommen gleich.« Seine Hände auf meinen Hintern greifen fester zu. Ich drücke mich an ihn. Sobald die zwei durch die Tür sind, beginnen wir wieder zu knutschen, müssen die Beatbar aber bereits zehn Minuten später ebenfalls verlassen, weil uns der Barkeeper rausschmeißt. Außer uns ist nur noch ein weiteres knutschendes Pärchen anwesend, das Licht ist bereits hochgedreht und die Musik ist aus. Wenn die Musik verebbt, das Licht immer heller wird und man plötzlich all das sehen und hören kann, das man nie sehen oder hören wollte, wird aus der Nacht der Morgen. Ich mag das, ich mag es auch, wenn bereits die Vögel zwitschern und die ersten Sonnenstrahlen zwischen die Häuser fallen. Es ist ein erschöpftes Ausatmen, bevor der neue Tag beginnt.

Hand in Hand laufen wir Richtung Innenstadt über die Fußgängerbrücke. Die Brücke heißt Wiwili-Brücke, aber weil selbst nüchterne Menschen besoffen klingen, wenn sie das aussprechen, nennt man sie nur die »blaue Brücke«. Sie führt über die Gleisanlagen des Freiburger Hauptbahnhofs, und das bogenförmige Geländer ist an den tiefsten Stellen so niedrig, dass man im Sommer fast jeden Tag beobachten kann, wie Studenten es mühelos erklimmen, daran hochklettern und dann ganz oben mit den Beinen schaukelnd auf die Stadt schauen.

Kurz bevor wir die Mitte der Brücke erreichen, bleibt Jan plötzlich so abrupt stehen, dass ich von seiner Hand regelrecht zurückgerissen werde. Ich lande in seinen Armen und er küsst mich wilder als zuvor.

»Ich will dich, Lotte«, murmelt er an meinem Hals. »Jetzt und sofort.«

Er küsst mich und fährt mit seiner Zungenspitze langsam meinen Hals aufwärts. Ich zittere und frage ihn nach Kondomen.

»Hab ich.«

»Super«, lächele ich vieldeutig. Ich schaue ihm in die Augen und greife unter mein Kleid. Ganz langsam ziehe ich mein Höschen aus, lasse ihn dabei nicht aus den Augen, drehe mich immer noch lächelnd um und lasse ihn seine Hände unter mein Kleid schieben. Er presst mich gegen das Geländer, ich halte mich an dem blauen Stahl fest. Rhythmisch drückt er mich dagegen. Es ist aufregend, die Luft ist mild und doch bläst ein kühler Wind, der Stahl ist kalt und dieser Kerl hinter mir so scharf, dass ich mich gegen seine Stöße stemmen muss, um nicht umzufallen. Ich drehe mich um, um ihn zu küssen, er greift nach meinem Hals und zieht mich an sich heran. Er wird lauter und schneller und kommt nach wenigen Minuten.

»Oh Gott«, stöhnt er. »Wahnsinn.«

Ich lache ihn an, er setzt mich wortlos rittlings aufs Geländer, ich dirigiere seine Hand, schiebe sie aus mir heraus und hinein und er streichelt mich so lange, bis auch ich so weit bin. Dämlich grinsend stehen wir auf und laufen den Rest schweigend, aber nach wie vor Händchen haltend, zum Ruf.

Dort finden wir Thomas allein vor. Er schaut trübsinnig in sein Bier, als versuche er, die Inschrift auf dem Glasboden zu entziffern.

»Hey«, begrüßt ihn Jan und lässt meine Hand los. »Wo ist denn deine Begleitung?«

»Nach Hause«, grummelt Thomas. »Ich glaube, ihr war langweilig.«

»Ach, Mensch. Das tut mir leid. Wirklich«, sage ich und kann dabei kaum die Augen von Jan nehmen, er sieht wahnsinnig gut aus, so wie er im Raum steht, die Hände in den

Hosentaschen. Allerdings sehen für mich alle Männer wahnsinnig gut aus, solange die Nachwirkung vom Orgasmus noch anhält.

Wir setzen uns zu Thomas und bestellen ebenfalls Bier. Jan schiebt unterm Tisch langsam eine Hand unter meinen Rock. Die Holztische sind klein und stehen eng beieinander, sodass niemand etwas mitbekommt. Ich lege ebenfalls meine Hand auf sein Bein und schiebe sie langsam hoch. Ich spüre die Erektion in seiner Hose und umfasse sie recht fest. Jan atmet hörbar aus und schaut mich begeistert an. Ich lasse die Hand, wo sie ist, und schiebe sie hart vor und zurück, während ich mit halbem Ohr Thomas zuhöre, der über die »blöden Weiber« schimpft. Er erhebt sich schließlich und geht aufs Klo. In der Sekunde, in der die Toilettentür zufällt, greife ich mir Jan und knutsche ihn so wild ab, wie es möglich ist, ohne vom Tisch zu fallen. Meine Hand umfasst immer noch seinen Schwanz und bewegt sich nun schneller. Er schnauft und küsst mich und ich merke, dass die Hose feucht wird. Er lacht, küsst mich noch einmal und verschwindet ebenfalls aufs Klo.

Jan und ich haben nie gemeinsam in einem Bett geschlafen, aber noch auf zwei weiteren Partys auf dem Klo gevögelt, und Thomas läuft mir bis heute ständig über den Weg. Zum Glück hat er mittlerweile sein Lächeln wiedergefunden.

4. März, 04.20 Uhr

»Stimmt ja«, sagt Paul. »Das war der Abend mit Julia. Das war richtig gut. Wenn ich auch nicht bei ihr landen konnte.«

»Komm schon, du Schwerenöter«, lache ich. »Natürlich konntest du bei ihr landen.«

»Aber wenn ichs doch sage!«

»Paul, weil eine Frau nur zwei Stunden, nachdem sie dich kennengelernt hat, nicht mit dir schläft, heißt das nicht, dass du einen Korb bekommen hast.«

»Was denn sonst?«

»Das ist jetzt nicht dein Ernst, oder?«, frage ich und schaue meinen Freund an. Kann es wirklich sein, dass Paul tatsächlich keinerlei Ahnung von zwischenmenschlichen Regeln hat? Ich schüttele diesen Gedanken ab und sage: »Paul, was glaubst du denn?«

»Wer nicht mit mir schläft und mich unvollendeter Dinge wieder nach Hause schickt, hat ›Nein‹ gesagt. Und ein ›Nein‹ ist ein Korb, oder?«

»Ja, schon, ein ›Nein‹ ist ein Korb, aber keine Abfuhr. Es ist lediglich ein ›Nein‹ zu augenblicklichem Sex – nicht weniger, aber auch nicht mehr. Wahrscheinlich wollte Julia dich erst mal besser kennenlernen, bevor sie mit dir in die Kiste springt.«

»Aber wieso das denn? Am besten lernt man sich doch im Bett kennen.«

»Paul, es kann doch nicht sein, dass du wirklich so denkst.«

»Warum denn nicht? Mein ganzes Leben lang haben mir die Frauen bewiesen, dass ich damit am besten fahre.«

»Und was ist mit Pauline?«

»Charlie, wenn ich dein Freund bleiben soll, erwähnst du Pauline nie wieder.« Paul sieht verletzt aus, er kneift die Augen zusammen und seine Stimme ist dunkler als sonst.

»Schon gut«, sage ich beschwichtigend. »Nichtsdestotrotz, ich meine es todernst. Nur weil eine Frau dich nicht sofort ranlässt, heißt das noch lange nicht, dass du sie aufgeben musst. Da ist so viel mehr drin als unverbindlicher Sex zwischen Tür und Angel mit einer völlig fremden Person. Wenn man sich kennt und vertraut, wenn man weiß, was der andere erwartet und was er zu geben bereit ist, öffnen sich völlig neue Wege.«

»Hä? Was ist denn mit dir los? Seit wann hältst du Predigten über monogame Liebe?«

»So ein Quatsch, das hat doch nichts mit Monogamie zu tun«, erwidere ich und denke an die betrunkenen Mädels auf dem Jackson-Klo. »Das hat mit Vertrautheit zu tun. Ich rede noch nicht mal von Liebe, ich rede von Vertrauen.«

»Du klingst, als sprächest du von einem Wellnessurlaub.«

»Und du klingst, als sprächest du von einem lebenslangen Pornofilm, in dem es nur darum geht, möglichst viele Frauen in möglichst kurzer Zeit flachzulegen, ohne auch nur einen einzigen Gedanken zu viel an eine von ihnen zu verschwenden. Und dann wunderst du dich, dass du beginnst, dich zu wiederholen.«

Pauls Augen werden zu Schlitzen und ich meine sogar, eine Zornesträne darin zu sehen. Ich bin zu weit gegangen, das spüre ich. Dabei will ich Paul nicht verletzen. Er hat mir in den letzten zwölf Stunden zur Seite gestanden wie sonst keiner.

»Paul, ich bin schwanger. Entschuldige, ich wollte dir nicht wehtun. Aber ich kanns nicht ertragen, wenn du mich als spießige Alte hinstellst. Du weißt genau, dass ich das nicht bin.«

»Ja, ich weiß.« Sein Blick ist nicht mehr ganz so Furcht einflößend. »Aber so bin ich nun mal, Charlie. So und nicht anders. Ich mag keine Zweisamkeit, ich mag keine Beziehungen, ich mag keine Verpflichtungen. Ich mag Freiheit und Sex und Spaß. Und ich dachte, du bist auch so.«

»Weißt du was? Das dachte ich bis gestern auch. Seit heute bin ich mir noch nicht einmal mehr sicher, ob ich überhaupt jemals so war oder ob ich mir die ganzen Jahre in die eigene Tasche gelogen habe, um an meinem oberflächlichen Liebesstil nicht zu ersticken.«

Auf einmal ist alles Böse aus Pauls Gesichtsausdruck verschwunden, sein Blick wird mild: »Charlie, mein Schatz, du bist vieles, aber ganz sicher bist du nicht oberflächlich.«

»Verdammte Scheiße, das bin ich wirklich nicht!«, nicke ich und lächele. »Du auch nicht, nur etwas gestört, was Beziehungen angeht.«

»Oh ja«, lacht Paul und fügt hinzu: »Aber sehr zufrieden damit.« Wir bestellen zwei heiße Kakao mit Sahne, ich wärme meine Finger an der Tasse, während Paul die Sahne zu einem kleinen Berg häuft. Er leckt den Löffel ab und fragt: »Was ist dein Plan für morgen?«

»Ich schlafe aus. Das ist Nummer eins. Ich fühle mich, als würde mir jemand schon den ganzen Tag mit einem Hammer auf die Schulterblätter schlagen, um mich anzutreiben. Dann duschen, was Nettes anziehen und dann laufe ich in die Kartäuserstraße zu Felix. Ich werde ihn begrüßen und dann mit der Sprache rausrücken. Er wird ohnehin sofort wissen wollen, warum ich vorbeikomme, und diese Antwort werde ich ihm sicher nicht schuldig bleiben. Dann können wir gemeinsam besprechen, wie es weitergeht.«

»Du solltest allerdings in deiner Planung berücksichtigen, dass er vielleicht etwas Zeit braucht, um diese Nachricht zu verdauen, und noch nicht sofort Pläne schmieden kann.«

»Ja, klar, das mache ich.« Ich nicke. »Am Montag nehme ich mir frei und gehe erst mal zu meinem Frauenarzt und dann schauen wir weiter.« Ich streiche mir über den Bauch. »Ich glaube, das wird schon, ich schaffe das. Ich freue mich richtig, Felix wiederzusehen, und ich freue mich auf das, was kommen wird. Alter, stell dir das vor, ein ganz neuer Mensch wächst in mir. Voll abgefahren.«

»Voll abgefahren«, bestätigt Paul leise.

Seit ich weiß, wie und wo ich Felix finde, bin ich ruhiger geworden und viel optimistischer. Ich kriege das schon gebacken. Das wäre doch gelacht, so viele Frauen vor mir haben Kinder zur Welt gebracht und erfolgreich großgezogen, das kann ich auch. Und Felix wird an meiner Seite sein, vielleicht nicht als mein Lebenspartner, aber immerhin als Vater unseres Kindes. Denn auch, wenn ich alleinerziehend sein werde, wird mein Kind einen Vater haben – und das ist es doch, was zählt.

»Willst du langsam nach Hause?«, fragt Paul mit einem Blick auf die Uhr. »Es ist fast fünf Uhr durch.«

»Ja«, seufze ich und trinke den letzten Schluck Kakao. Er ist sogar noch heiß.

4. März, 05.15 Uhr

Zu Hause angekommen, werfe ich meine Jacke auf die Kommode im Flur und gehe barfuß in die Küche. Verdammt, die Scherben! Ich hatte sie vorhin nur notdürftig zusammengekehrt. Großer Gott, vorhin! Es kommt mir vor, als sei es ein halbes Jahr her, dass ich mit dem Schwangerschaftstest verzweifelt auf dem Küchenboden saß. Dabei sind es gerade mal rund zwölf Stunden. Ich schenke mir ein Glas Leitungswasser ein und setze mich auf meinen grünen Lieblingssessel, im Radio läuft Portishead und ich halte das Glas mit beiden Händen. Wie hypnotisiert starre ich aus dem Fenster, ohne irgendetwas anzusehen. Das ist es also, das neue Leben. Jetzt beginnt es, heute und hier, und ich kann nichts dagegen tun. Hätte ich es mir ausgesucht, würde es nicht schon jetzt beginnen. Dann würde es auch nicht morgen beginnen oder nächste Woche und vielleicht überhaupt nie. Vielleicht ist es ganz gut, dass ich es mir nicht ausgesucht habe. Ich ziehe die Beine an den Körper, schlinge die Arme herum und trinke das Glas Wasser leer. So bleibe ich noch vier weitere Radio-Lieder sitzen und schaue mich um, als sähe ich all das hier zum ersten Mal. Als sähe ich mich zum ersten Mal. Und gewissermaßen ist es auch so.

Irgendwann gegen 06.30 Uhr lege ich meine Strickjacke auf dem Sessel ab und krieche ins Bett. Ich schlummere ein, noch bevor ich die Augen richtig geschlossen habe, und versinke in einen langen, traumlosen Schlaf.

4. März, 12.30 Uhr

Ich erwache mit einem stechenden Schmerz in der rechten Schulter. Ich muss die letzten Stunden wie tot darauf gelegen haben. Aber sonst geht es mir überraschend gut. Es hat ziemlich viele Vorteile, wenn man abends nicht so lange trinkt, bis man nicht mehr weiß, wie man nach Hause gekommen ist. Mein Kopf fühlt sich frisch und frei an, ich steige aus dem Bett und drehe meinen rechten Arm, damit die Schulter nicht mehr so zwickt. Ich öffne das Fenster und atme die frische Luft ein. Es fühlt sich herrlich an, ich bin ausgeruht wie seit

Wochen nicht mehr, ich fühle mich fit und wach und zu allem bereit. Perfekt für einen Tag wie heute.

Nur die schmerzende Schulter dämpft mich etwas. Wie ein kaputter Ventilator mit einem Arm rudernd, gehe ich ins Bad und dusche fast eine halbe Stunde lang. Die meiste Zeit stehe ich einfach nur unter dem Strahl und lasse kühles Wasser auf mich hinabrieseln. Danach creme ich mich mit der teuersten Bodylotion ein, die ich in meinem Schrank finden kann, und halte kurz inne, als ich meinen Bauch berühre. Wahnsinn, schon bald wird er wachsen und größer und immer größer werden. Ich ziehe meinen rosafarbenen Bademantel an und gehe in die Küche, um Kaffee zu kochen. Ich habe keinen Vollautomaten wie Paul und keine Pad-Maschine wie Bea und Steffi, bei denen man nur einen Knopf zu drücken braucht. Ich besitze eine von diesen alten Kaffeemaschinen, die blubbern und spritzen und brühen. Als sich der Kaffeeduft im Raum verbreitet, wird mir schlecht. Es riecht wie angebrannt, der beißende Geruch steigt mir von der Nase bis in den Kopf hoch. Ich kann das unmöglich trinken und sollte das wahrscheinlich ohnehin nicht. Ich schalte das Radio ein und setze mir stattdessen Früchtetee auf. Mit einer dampfenden Tasse in der Hand setze ich mich an den Küchentisch und esse einen Kirschjoghurt.

Ich stehe lange vor meinem Schrank und überlege, was ich anziehen soll. Ich entscheide mich schließlich für ein rot-weiß geringeltes Oberteil mit goldenen Zierknöpfen und graue Röhrenjeans. Bevor ich das Haus verlasse, gehe ich noch einmal in die Küche und überlege, was ich mitnehmen muss. Immerhin bin ich auf dem Weg, mein Leben zu verändern. Und das von jemand anderem noch dazu. Mir fällt trotzdem nichts ein außer Handy und Haustürschlüssel und so ziehe ich die Tür hinter mir zu und laufe leichtfüßig die Treppen zur Haustür hinunter. Ich lasse mein Fahrrad stehen und mache mich zu Fuß auf den Weg in die Kartäuserstraße.

4. März, 13.50 Uhr

Auf dem Weg überlege ich, was ich sagen soll. »Felix! Hi, lange nicht gesehen. Übrigens, du wirst Vater. Glückwunsch!« Oder alternativ: »Oh hallo, ich bin nur vorbeigekommen, um dir zu sagen, dass ich schwanger bin. Von dir.« Geht beides nicht.

Mein Handyklingeln reißt mich aus meinen Gedanken. Es ist Bea. »Süße, wie gehts?«

»Super.«

»Echt? Oh, Gott sei Dank, verdammte Scheiße, ich war mir so verflucht sicher, dass der verfickte Test negativ sein wird.«

»War er nicht.«

Das andere Ende der Leitung ist so ruhig, dass ich mir nicht sicher bin, ob Bea vielleicht das Telefon aus der Hand gefallen ist. »Bea?«

Nichts.

»Bea!«

»Ja. Scheiße«, sagt sie und zieht das letzte »e« so lang, dass ich sie unterbreche: »Bea!«

»Ja? Scheiße, scheiße, Mensch.«

»Es geht schon.«

»Wie? Es geht schon?«

»Ich kriege das hin.«

»Wo bist du? Ich komme vorbei.«

»Ich bin auf dem Weg zu Felix.«

»Wer ist Felix?«

»Der Vater.«

»Was? Woher weißt du, wo er wohnt?«

»Das ist eine lange Geschichte. Ich rufe dich später an.«

»Mensch, Lotta, scheiße, echt.«

»Mach dir keine Sorgen. Mir gehts gut.«

»Sicher?«

»Ja. Ich rufe dich an.«

»Okay. Scheiße.« Bea legt auf und ich kann mir vorstellen, wie sie die nächste halbe Stunde wie hypnotisiert auf ihr Handy starrt und »Scheiße, Scheiße, verdammte Scheiße« murmelt. Ich lächele in mich hinein.

Ich nehme die Abzweigung vom Schwabentor und biege links in die Kartäuserstraße ein. Auf der linken Straßenseite ist die 1, ich überquere die Straße und stehe kurz darauf vor Nummer 18.

Es ist ein dunkelbraunes Haus aus der Zeit um die Jahrhundertwende, die Fenster haben gelbe Rahmen, die Tür sieht schwer aus. Ich atme tief durch und will klingeln. Da fällt es mir siedenheiß ein: Ich kenne seinen Nachnamen gar nicht. Verdammt, was mache ich denn jetzt? Ich könnte ihn anrufen, der Bierdeckel mit der Telefonnummer steckt in meiner Jackentasche, aber jetzt stehe ich schon vor der Tür. Scheiße. Ich lehne mich gegen die Wand und fühle mich kurz vorm Ziel ausgebremst. Doch in diesem Moment drückt sich ein junger Kerl an mir vorbei.

»Entschuldigung, darf ich mal kurz?«, sagt er, schnickt seine Zigarette weg und nestelt einen Haustürschlüssel aus der Jeanstasche.

»Klar«, sage und schöpfe Hoffnung. »Du, warte mal, kennst du Felix?«

»Ja, das ist mein Nachbar.« Er schaut mich verwundert an.

»Nimmst du mich mit rein?« Ich habe vor Aufregung weit aufgerissene Augen und atme tief durch.

»Warum nicht«, sagt er lapidar. Er schließt die Tür auf und wir betreten gemeinsam den Hausflur.

»Weißt du, wo du hin musst?«, fragt er mich.

»Leider nicht.«

»Komm mit.«

Wir nehmen die Treppe in den zweiten Stock, er schließt die linke Tür auf und zeigt auf die rechte.

»Dort.«

»Alles klar, vielen Dank«, sage ich und drücke die Klingel, bevor ich es mir anders überlegen kann. Es passiert erst mal nichts. Ich atme erneut tief ein und vergrabe meine Hände in den Jackentaschen. Plötzlich höre ich Schritte und die Tür öffnet sich mit einem Ruck. Ich sehe erst mal nichts von dem Mann, der aufgemacht hat. Er ist pitschnass, hat ein grünes Handtuch um die Hüfte geschlungen und wischt sich mit einer Hand die nassen Haare aus der Stirn.

»Ja? Hallo?« Felix.

»Hallo.«

»Lotte?« Er blickt mich ungläubig an. Ich bin vor Aufregung ganz starr. Doch seine Miene hellt sich schlagartig auf. »Wie schön, dass du vorbeischaust. Komm rein.« Er geht einen Schritt zur Seite und lässt mich in die Wohnung.

»Kannst du kurz in der Küche Platz nehmen? Ich ziehe mir nur schnell was an.« Er geleitet mich zur Küchentür. »Das ist aber schön, dich wiederzusehen. Wirklich!« Er lächelt. Ich lächele zurück und bin unendlich erleichtert. Ich setze mich auf einen der Küchenstühle und er verschwindet weiter hinten im Flur. Ich schaue mich um. Die Küchenwand ist dunkelrot gestrichen, der Küchentisch ist ein altes Teil mit kunstvoll geschwungenen Spiralfüßen. Die weißen Hochglanz-Möbel und Edelstahl-Elektrogeräte passen eigentlich nicht dazu, aber überall entdecke ich kleine, schöne Spielereien, die das Ganze zum Konzept machen. An der Wand hängt ein braunes Holzregal mit bunten Fliesen und auf der Arbeitsplatte stehen Keramikdosen mit chinesischen Blütenmustern. Alles in allem gefällt mir, was ich sehe, und ich bin erleichtert. Wir sind uns anscheinend nicht unähnlich. Ich ziehe meine Jacke aus, hänge sie über den Stuhl und lege mir schon mal meinen ersten Satz zurecht.

Felix erscheint barfuß im Türrahmen, er trägt einen grauen Wollpullover und verwaschene Jeans, seine Haare sind immer noch feucht. Aber er strahlt. »Möchtest du einen Kaffee?«

Ich denke an den verbrannten Geruch heute Morgen in meiner Küche und lehne ab.

»Irgendetwas anderes?«, fragt er und drückt auf einer riesigen Kaffeemaschine zwei Knöpfe. Dampfender Kaffee plätschert in einen roten Becher.

»Wasser wäre super.«

»Kein Problem.« Felix stellt Glas und Flasche auf den Tisch und schenkt mir ein. Er setzt sich dazu und schaut mich fragend an: »Lotte, versteh mich nicht falsch, ich freue mich sehr, dich zu sehen. Ich wollte irgendwie deine Telefonnummer herausfinden und dich um ein Date bitten. Dass du nun aber plötzlich vor meiner Tür auftauchst, damit habe ich überhaupt nicht gerechnet. Übrigens: Woher weißt du eigentlich, wo ich wohne?«

»Marc«, sage ich.

»Verstehe«, entgegnet er und versteht nichts.

Verdammt, ich muss es ihm sagen. Ich schaue ihn an, er sieht gut aus und verständnisvoll. Er kneift die Augen etwas zusammen, wenn er zuhört, und kleine Fältchen um den Mund zeugen davon, dass er gern und viel lacht. Er gefällt mir sogar noch besser als beim letzten Mal und doch ist jetzt alles ganz anders. Hier und heute, an einem Sonntagmittag an seinem Küchentisch, kann ich mir gar nicht mehr vorstellen, dass ich mit diesem Kerl geschlafen habe.

»Wie auch immer, echt schön, dich zu sehen«, sagt er schließlich. »Wie gehts dir denn?«

»Ja, so weit ganz gut«, stottere ich. »Es gibt aber einen Grund, weshalb ich hierhergekommen bin.«

»Und der wäre?« Er legt eine Hand auf mein Knie und lacht: »Du wolltest mich wiedersehen, oder? Ist doch super. Ich freue mich.« Er lehnt sich in seinem Stuhl zurück.

»Ja. Und nein. Also doch, ich wollte dich wiedersehen, aber vor allem, weil ich dir etwas sagen muss.«

»Ja?« Er nimmt einen kleinen Schluck Kaffee und schaut mich erwartungsvoll an.

»Ähem. Ich bin ...« Ich atme so tief ein, dass sich mein Brustkorb hebt. Ich weiß, dass das Männer rasend machen kann in bestimmten Situationen. Das hier ist keine von ihnen. »Ich bin schwanger.«

Felix bewegt sich nicht. Und er sagt auch nichts. Seine Augen weiten sich und seine Pupillen wandern unruhig von rechts nach links, während er wie hypnotisiert vor sich hinstarrt. Ich habe das Gefühl, dass meine Körpertemperatur um ein paar Grad fällt. Er öffnet den Mund, aber es kommt nichts heraus. Seine Augen bewegen sich immer noch orientierungslos in einem ansonsten unveränderten Gesicht. Er hebt die Hände und lässt sie gleich wieder fallen.

Plötzlich springt er vom Tisch auf und brüllt: »Damit will ich nichts zu tun haben!«

Ich bin so überrascht, dass ich zusammenzucke. Erst danach verstehe ich die Bedeutung seiner Worte. Mir wird heiß. Aber ich versuche, so ruhig wie möglich zu bleiben: »Es tut mir leid, aber es kommt niemand anderes infrage. Das Kind ist von dir.«

Felix tobt: »Das kann nicht sein!« Er sagt die Worte klar und deutlich und betont jedes einzelne davon. Seine Augenfältchen haben sich geglättet, dafür hat er die Stirn so stark in Falten gezogen, dass aus seinen Augenbrauen ein einzelner, langer dunkler Strich geworden ist. Er wirkt so stur wie ein Kind, das sich trotzig auf dem Boden wälzt, weil es die versprochene Schokolade nicht bekommt, und so kalt wie ein Henker, der das Beil fallen lässt.

»Felix, es tut mir leid«, sage ich, nicht mehr ganz so beschwichtigend wie zuvor. »Ich erwarte nichts von dir. Ich wollte es dich nur wissen lassen. Wie sehr du daran teilhaben wirst, überlasse ich dir.«

Ich stehe auf. Meine Beine sind wackelig, es fühlt sich an, als läge mein Leben in tausend kleinen Scherben vor mir, und ich habe keine Ahnung, wo ich anfangen muss, um es wieder zu kitten.

Er braucht einfach Zeit, denke ich, das ist ja echt nicht ohne. Paul hatte recht. Ich greife mir einen Bleistift und notiere meine Telefonnummer auf der Badischen Zeitung, die auf dem Küchentisch liegt.

»Ruf mich an, wenn du darüber geschlafen hast«, sage ich. »Du musst das erst mal verdauen, mir ging es genauso. Aber mittlerweile weiß ich: Wir schaffen das schon.«

»Was soll das heißen: *Wir* schaffen das schon?« Seine Augen sind schmale Schlitze und seine Stimme so kristallklar, dass sich jedes Wort wie eine Messerklinge in meinen Unterarm ritzt. »Es gibt kein *Wir.* Was du machst, ist mir egal, aber ich kann nicht ... Verdammt, ich habe mein ganzes Leben noch vor mir.«

Ich fühle mich, als hätte mir jemand mit einer Bratpfanne ins Gesicht gehauen. Im ersten Moment fehlen mir die Worte, im zweiten möchte ich diesen schrecklichen Kerl umbringen. Ich schaffe es, Wut und Tränen zurückzuhalten, und gebe mir größte Mühe, die folgenden Worte so sachlich wie möglich vorzubringen. Bea sagt immer: »Wenn du jemanden verletzen willst, darfst du nicht schimpfen, sondern musst deine Vorwürfe so nüchtern vorbringen, als würdest du der Person dein Lieblingsrestaurant empfehlen. Das sticht am meisten und bleibt am längsten hängen.« Und genau daran halte ich mich jetzt. Ich schaue ihm in die Augen, lächele leicht und sage ruhig: »Ich habe schon viel erlebt. Aber du bist das größte Arschloch, das mir jemals begegnet ist. Stirb allein, du Mistkerl!«

Es wirkt. Er scheint fast noch verdatterter zu sein als nach der Nachricht, dass er Vater wird. Ich schnappe mir wortlos meine Jeansjacke und knalle die Küchentür zu. Ich stapfe aus der Wohnung, laufe die Treppen hinunter und reiße die Haustür auf. Ich fühle mich wie ein Ertrinkender und sauge die frische Luft gierig auf. Ich drehe mich ein letztes Mal um und beginne zu laufen. Weg hier, einfach nur weg. Ich renne die Straße entlang, umrunde Passanten und Kneipenschilder, Radfahrer und kleine Kinder und bleibe erst stehen, als ich einen stechenden Schmerz in der Lunge spüre. Erschöpft atmend stehe ich zwischen Häuserzeilen, links neben mir schlängelt sich eine kleine Brücke über die Dreisam. Ich beuge mich nach vorn, stütze meine Hände auf meinen Knien auf und versuche, wieder Luft zu kriegen. Verdammte Scheiße, so ein Mistkerl. Ich hatte mit vielem gerechnet, aber nicht mit solch einer egoistischen Reaktion. Das ist die Höhe, ich bin so wütend, dass ich kein anderes Gefühl zulassen kann. Plötzlich komme ich mir vor wie ein naiver Dummkopf. Ich dachte tatsächlich, dass ich mit einem wildfremden Mann, den ich einmal gevögelt habe, eine Zukunft aufbauen kann. Wie blöd von mir. Ich bin den Tränen nahe, heiß steigen sie in mir auf und ich schüttele mich. So ein Wichser! Ich lasse mich erschöpft auf den Stufen, die zur Brücke führen, nieder. Ich bleibe eine ganze Weile lang unverändert sitzen und schaue dann auf die Uhr. Es ist kurz nach drei. Ich fingere mein Handy aus der Tasche und rufe Paul an.

»Wo bist du?«, fragt er statt einer Begrüßung.

»In der Nähe vom Schlossberg, hinten an der Kartäuserstraße, an der Dreisam auf der Brücke kurz vorm Stadion.«

»Wie gehts dir?«

»Ich bin wütend. Unendlich wütend. Kommst du her?«

»Bin auf dem Weg.«

Ich atme erleichtert aus. Ich ziehe die Beine an und hätte zum ersten Mal seit Monaten gern eine Zigarette. Stattdessen kaue ich wie besessen auf einem Kaugummi herum und warte auf Paul.

4. März, 15.30 Uhr

Während ich warte, beobachte ich die wenigen Menschen, die hier entlanglaufen, und höre von irgendwoher Musik. Sie muss aus einem der Häuser kommen. Ich lausche genauer, aber erkenne das Lied nicht sofort. Doch dann macht sich ein Lächeln in meinem Gesicht breit. »*Just a perfect day*«, singt Lou Reed. »*Problems all left alone. Weekenders on our own. It's such fun.*«

Ich lächele und sehe Paul erst, als er vor mir steht.

»Wie gehts dir?«

»Hörst du das?«

»Was?«

»Psssst.«

»*Oh such a perfect day,*
you just keep me hanging on.«

»Hehe«, macht Paul. »Schön. ›*Drink sangria in the zoo.*‹ Ich mag das.«

»›*Drink sangria in the park*‹«, verbessere ich. Er setzt sich neben mich und wir schweigen beide, bis das letzte »*You're going to reap just what you sow*« verklungen ist.

»Willst du darüber sprechen?«, fragt Paul schließlich.

Meine Wut hat sich zu einem schwarzen Klumpen in meinem Magen zusammengezogen; ich kann sie noch nicht richtig fassen, daher sage ich: »Nicht wirklich. Nur so viel: Felix ist ein Wichser und ich möchte ihn nie wiedersehen.«

»Charlie! Ist dir klar, was das bedeutet?«

»Ja, aber das ist mir egal. Ich will ihn nie wiedersehen. Niemals! Ernsthaft.«

»Okay, okay«, nickt Paul. »Und jetzt?«

»Jetzt weiß ich auch nicht.« Ich fühle wieder die Hitze in mein Gesicht steigen. Mein sorgsam zurechtgelegter Plan von Felix und mir und dem Kind, das wenigstens einen Vater hat, ist zerbrochen wie eine alte Liebe.

»Weiß ich nicht«, murmele ich.

Paul dreht den Kopf: »Charlie, schau mich an.«

Ich blicke hoch, er sieht entschlossen aus. »Wir schaffen das schon.«

Ich blinzele irritiert. »Paul«, sage ich und kanns gar nicht glauben, »du hast gerade ›Wir‹ gesagt.«

»Ich weiß.«

Danke

Ich danke meiner Familie für ihre Liebe und die Sicherheit, die sie mir mein ganzes Leben lang gegeben haben, geben und geben werden; meinen Freunden für Spaß, Rückhalt und so viel mehr; meinem Mitbewohner für die stolzen Augen und die konstruktive Kritik; meinem Freund für seine bedingungslose Unterstützung und dafür, dass er mir mein Leben leichter macht; meiner Lektorin für die Anregungen und namentlich meiner Kollegin und Freundin Julia Meola für ihre Hilfe, ihre Korrekturen, ihre Ideen und den Titel. Außerdem danke ich allen Kerlen, dass sie eine nahezu unerschöpfliche Inspirationsquelle für mich waren, und ich danke dir, Freiburg!

Die Autorin

Hanna Donath wurde 1979 in Frankfurt am Main als zweites von vier Kindern in eine große, bunte, laute und liebevolle jüdische Familie geboren. Nach ihrem Studium in Marburg legte sie einen kurzen Stopp in Fulda ein, bevor sie in eine WG nach Freiburg zog. In der »sonnigsten Großstadt« Deutschlands arbeitet sie heute als Redakteurin bei einem Print-Magazin. Außerdem pendelt sie der Liebe wegen zwischen dem Schwarzwald und Amsterdam. »Wem die Nacht gehört« ist ihr erster Roman.

Hanna Donath
WEM DIE NACHT GEHÖRT
Roman

ANAIS Band 24
ISBN 978-3-86265-017-0
ANAIS ist ein Label des Schwarzkopf & Schwarzkopf Verlages.

Lektorat: Ulrike Thams
Titelbild: © Mayer George Vladimirovich / shutterstock.com